Was wäre passiert, hätte Eva zuerst vom Baum des Lebens gekostet und dann erst vom Baum der Erkenntnis? »Eva wäre unsterblich gewesen, und statt Adam als Sklavin zu dienen, hätte sie seine Göttin sein können. Die Chance ist verpasst. Denken wir nicht mehr daran.«

»Anne Weber ist eine der derzeit spannendsten Schriftstellerinnen.« *Sina Weinhold, Hessischer Rundfunk*

Anne Weber, geboren 1964 in Offenbach, lebt als Autorin und Übersetzerin in Paris. Sie übersetzt sowohl aus dem Deutschen ins Französische (u. a. Wilhelm Genazino und Sibylle Lewitscharoff) als auch aus dem Französischen ins Deutsche (u. a. Pierre Michon und Marguerite Duras). Sie veröffentlichte ›Ida erfindet das Schießpulver‹, ›Im Anfang war‹, ›Erste Person‹, ›Besuch bei Zerberus‹, ›Gold im Mund‹, ›Luft und Liebe‹, ›August‹ sowie zuletzt den Roman ›Tal der Herrlichkeiten‹. Ihr Werk wurde mit zahlreichen Preisen ausgezeichnet, darunter dem Heimito-von-Doderer-Preis, dem 3sat-Preis, dem Kranichsteiner Literaturpreis. Anne Weber schreibt auf Deutsch und Französisch, ihre Bücher erscheinen in Frankreich und Deutschland.

Weitere Informationen, auch zu E-Book-Ausgaben, finden Sie bei www.fischerverlage.de

Anne Weber

Im Anfang war

Fischer Taschenbuch Verlag

Veröffentlicht im Fischer Taschenbuch Verlag,
einem Unternehmen der S. Fischer Verlag GmbH,
Frankfurt am Main, Oktober 2012

© S. Fischer Verlag GmbH, Frankfurt am Main 2012
Gesamtherstellung: C. H. Beck, Nördlingen
Printed in Germany
ISBN 978-3-596-19414-8

Das Buch Genesis

Die Schöpfung und der Sündenfall

Im Anfang war das Tohuwabohu. Gott, des Lebens im Dunkeln überdrüssig, machte Licht und stellte fest, dass ihm jemand zuvorgekommen war und das Nichts geschaffen hatte. Das Nichts war ihm nicht geheuer, und er beeilte sich, es anzufüllen. Die ersten drei Tage leuchtete er selbst, dann schuf er die Sonne und die Gestirne, auf dass sie an seiner Stelle dem Universum Licht spenden sollten. Jeden Abend betrachtete er sein Tagwerk, und er war zufrieden mit sich. Am meisten gefiel ihm, dass er den Menschen nach seinem Bilde geschaffen hatte, doch dieser Narzissmus sollte sich spätestens an dem Tag rächen, als der Mensch sich zum ersten Mal aufmerksam im Spiegel beäugte und aus dem, was er da sah, einige für den Schöpfer wenig schmeichelhafte Schlüsse zog.

Sei fruchtbar und unterwerfe dir die Erde, sagte Gott zum Menschen. Dieser musste leider, kaum war die Welt erschaffen, seinem Herrn schon ungehorsam sein, denn erstens war die Frau noch nicht erschaffen, und zweitens hatte Gott vergessen, seiner halbfertigen Tonskulptur, die noch bewegungslos und für die Befehle des Künstlers taub am Boden lag, den Lebensatem ein-

7

zuhauchen. Doch wurde er bald seiner Unachtsamkeit gewahr, ließ dem Menschen eine kräftige Mund-zu-Nase-Beatmung angedeihen und stellte ihn in einen Garten. (Wir wollen hoffen, dass ihm zur Belebung der Tiere ein hygienischeres Verfahren zur Verfügung stand und dass es ihm erspart blieb, in die Nüstern der Dromedare und die Kiemen der Fische zu blasen.) Zum Schluss entnahm er dem Mann eine Rippe und gab ihm, was er zum Mehren brauchte, damit die anderen Tiere keinen Vorsprung bekämen.

In dem Garten wuchsen allerlei Fruchtbäume, darunter der Baum des Lebens oder der Unsterblichkeit und der Baum der Erkenntnis, den der Mensch nicht anrühren durfte. Stattdessen hätte er die Frau anrühren dürfen, aber da es ihm noch nicht aufgefallen war, dass die Frau keine Kleider am Leib trug, kam ihm dieser Gedanke nicht in den Sinn. Adam war glücklich. Eva hingegen war weniger leicht zufriedenzustellen. Sie begann sich bald zu langweilen und vertrieb sich die Zeit, indem sie mit den Tieren plauderte, die damals noch dieselbe Sprache sprachen wie die Menschen. Mit einem von ihnen freundete sie sich an, biss in den sauren Apfel und schluckte ihn hinunter. Adam tat es ihr nach, aber der Apfel blieb ihm im Halse stecken. Wie dumm es war, dieses erste, ganz aus Knochen geformte Menschenweibchen! Hätte es nur ein wenig nachgedacht, statt die Ratschläge des erstbesten Reptils zu befolgen, so hätte es zuerst vom Baum des Lebens gegessen und dann vom Baum der Erkenntnis. Eva wäre unsterblich gewesen und, anstatt Adam als Sklavin zu dienen, hätte sie seine Göttin sein können. Die Chance ist verpasst. Denken wir nicht mehr daran.

Du hast sehr schlecht gehandelt, sagte Gott zur Schlange. Zur Strafe wirst du von nun an am Boden kriechen. So kam es, dass das arme Tier, das aus purer Höflichkeit der Dame eine Frucht angeboten hatte, plötzlich ohne Beine dastand bzw. -lag. Woraus hervorgeht, dass die Schlange vor diesem Zwischenfall wie jedermann Beine hatte, und Füße, die man einen vor den anderen setzt. Ungewiss bleibt, wie viele sie genau besessen hatte, aber wahrscheinlich brauchte es deren recht viele, um den langen Schlangenkörper in der Luft zu halten. Wir können uns die Schlange vor dem Sündenfall vielleicht wie einen Tausendfüßler vorstellen, allerdings mit Beinen, die mindestens die Länge von Hundebeinen gehabt haben müssen. Warum? Ganz einfach, weil es für eine Schlange mit Tausendfüßlerbeinen keine große Bestrafung bedeutet hätte, auf dem Bauch kriechen zu müssen, während es für einen Hund schon einen Unterschied ausmacht, ob er Beine hat oder nicht. Genau gesehen war die Schlange demnach die einzige, die wirklich fiel beim Sündenfall.

Kain und Abel

Die im Paradies übliche Nacktheit war dem Liebesleben nicht sehr zuträglich gewesen. Seit Gott Adam und Eva aber in Tierfelle gehüllt hatte, dachten sie an nichts anderes mehr, als diese wieder abzulegen, um sich zu paaren. Sehr bald kamen Kain und Abel zur Welt. Die zweite Menschengeneration hatte schon ein schweres Erbgut zu tragen: Ihre Mutter hatte sich des ersten Vergehens schuldig gemacht, der Sünde der Neugier. In den Augen des Herrn gibt es nichts Schlimmeres, als verstehen zu wollen, was zu verstehen man nicht ermächtigt ist. Weil sie sich mit ihrem geringen Wissen nicht begnügen wollte, wurde Eva zur ersten Sünderin und zur Schutzherrin aller Forscher und Denker, kurz gesagt, aller ungehorsamen Kreaturen dieser Welt.

Kain und Abel waren die ersten, die für die Vergehen ihrer Eltern geradestehen und außerhalb des Paradieses aufwachsen mussten. Auch ist es nicht weiter erstaunlich, dass sie sich gleich in die Felle gerieten und so uns, die wir bis dahin nur Kinder von Ungehorsamen waren, auch noch mit einem Mord belasteten. Noch dazu mit einem Brudermord. Natürlich gehörten damals noch alle zur selben Familie, heute auch noch, wenn man so will, doch hatte ein Mörder in jenen Tagen nur die Wahl zwischen seinem Vater, seiner Mutter und seinem Bruder bzw. Sohn. Bei Kain war es der Bruder. Im Prinzip gilt Brudermord als weniger verwerflich denn Elternmord. Heutzutage jedenfalls hätte Kain mildernde Umstände bekommen. Was bleibt einem übrig, wenn man als Erbsünder geboren wird? Natürlich hätte er sich umbringen können. Wer käme bei solchen Eltern nicht auf die Idee? Aber man entledigt sich nicht einer Schuld, indem man sich seiner selbst entledigt. Also entschied Kain sich für den Mord an Abel, der den Altar mit Hammelfett beschmiert und sich so bei Gott eingeschmeichelt hatte, während Kains Gabe unbeachtet geblieben war.

Die erste Generation trachtete nach Kenntnis und erntete Sterblichkeit. Die zweite Generation verlangte nur noch Gerechtigkeit, und Gott antwortete ihr mit einem Fluch. Irgendwelche weiteren Wünsche?

Die Sintflut

Ich habe dich nach meinem Bilde geschaffen, sagte Gott zum Menschen, also schlecht. Nun bereue ich bitter, was ich getan habe, denn es hat zu nichts als zu Lärm und Unordnung geführt. Folglich werde ich die Erde von allem menschlichen Übel reinwaschen und die Tiere, obwohl ich ihnen nichts vorzuwerfen habe, gleich mit ertränken. So kam es zum ersten Völkermord in der Geschichte der Menschheit und zum ersten Tiermord in der Geschichte der Tierheit.

Da Gott zu bequem war, mit der ganzen Schöpfung noch einmal von vorne anzufangen, hat er bei der Strafe ein bisschen gepfuscht und zwei Tiere von jeder Art behalten, darauf konnte man Neues aufbauen, aber in der Eile vergaß er die Fische, die so unerhoffterweise verschont blieben. In der Tat ist eine Sintflut nicht das geeignete Mittel, um Wassertiere zu beseitigen. Selbst Gott hat seine Not, wenn es ans Fischeertränken geht. Um Gerechtigkeit walten zu lassen, hätte Gott eigentlich Noah beauftragen müssen, alle Fische außer zweien mit in die Arche hüpfen zu lassen. Wer das Getier, das auf der Erde und in der Luft zu Hause ist, ertränkt, muss das im Wasser lebende ersticken, alles andere ist ungerecht. Doch welch ein Gedränge hätte es da in der Arche gegeben! Egal. Gott, einseitig aufgebracht über die Erd- und Luftbewohner, hatte völlig vergessen, dass er auch Lebewesen ins Wasser gesetzt hatte. So etwas kann schon einmal passieren. Sicher ist jedenfalls, dass die Fische noch einmal mit dem Schrecken davongekommen sind.

Der Turm von Babel

Alle sprachen damals dieselbe Sprache und benutzten dieselben Worte, und man verstand sich trotzdem nicht. Aber man führte gerne Gespräche. Leider missfiel dem Herrn das viele Geplaudere bald. Dass man mal fünf Minuten seine Ruhe haben könnte, ist wohl zu viel verlangt. Jetzt haben sie sich in den Kopf gesetzt, die Wolken zu kitzeln und den Engeln in die drallen Pobacken zu zwicken. Wie es aussieht, werden sie bald bei mir angekommen sein, und es ist bestimmt nicht ihre Art, zu klopfen, bevor sie eintreten.

Also gab Gott den Menschen alle möglichen unverständlichen Sprachen, in der Hoffnung, Zwietracht zwischen ihnen zu stiften (dabei war Zwietracht das einzige Gut, woran es ihnen nie gemangelt hatte). Plötzlich hatte er Angst bekommen, sie könnten ihn stürzen. Wir wollen diesen Gott nicht mehr! Erst erschafft er einen, wie es ihm gefällt oder so gut er eben kann, dann ist man ihm nicht gut genug und er wirft mit Katastrophen um sich. Wie wär's, wenn wir ihn besuchen gingen. Da sind wir! Wir wollten nur mal Guten Tag sagen.

Das wäre allerdings nur verständlich. Was ist das für ein Gott, der ständig Reue zeigt und nicht weiß, was er will, der immer unzufrieden ist mit seinen Schöpfungen. Jedesmal, wenn ihm ein Fehler unterlaufen ist, haben wir darunter zu leiden. Einerseits will er, dass wir uns nicht mehr verständigen können, andererseits aber, dass wir uns nicht bekriegen. Auch die großen Meisterwerke der Architektur sind seine Sache nicht. Dabei war dieser Turm doch ein Denkmal, das wir ihm zu Ehren bauten. Nicht? Na gut.

Auf jeden Fall wird uns seine Sintflut von Sprachen nicht davon abhalten können, miteinander zu plaudern, wie wir es gewohnt sind.

Die Beschneidung

Um dem gewöhnlichen Sterblichen sein Wohlwollen zu zeigen, reichte ihm Gott aus dem weiten Himmel heraus seinen gestreiften kleinen Finger, auch Regenbogen genannt. Für seine Lieblinge jedoch dachte er sich etwas weit Unangenehmeres aus, um die Tiere seiner Herde wiedererkennen zu können. Der arme Abraham, obgleich er schon neunundneunzig Jahre alt war und einerseits natürlich bald auf ein zahlreiches, andererseits aber auf ein etwas verschrumpeltes Geschlecht hinunterschauen konnte, kam um diese neue Auszeichnung nicht herum. Warum musste es aber gerade dieses Stück Fleisch sein und kein anderes, ein Ohrläppchen, zum Beispiel? Weil es der Sitz der Sünde ist? Weil es dort am meisten wehtut? Geben wir es auf, nähere Auskünfte über Sinn und Zweck dieser Operation zu erfahren. Gott mag es nicht, dass man ihm Fragen stellt. Hier wird abgeschnitten, und basta.

Abraham gehorchte. Kaum hatte er das Zipfelchen gekappt, verlangte man von ihm, Sara zu schwängern, was ihm in den vorangegangenen neunundneunzig Jahren kein einziges Mal gelungen war. Eine Art umgekehrte unbefleckte Empfängnis.

Die Zerstörung von Sodom

Eines Tages stieg ein Bettler in einen U-Bahnwagen und sagte: »Entschuldigen Sie bitte die Störung, hätte vielleicht jemand zwei Mark?« Keiner hob den Kopf. »Entschuldigung«, hob der Bettler wieder an, »vielleicht hätte jemand eine Mark übrig?« Keine Antwort. »Fünfzig Pfennig, vielleicht?« Hinter den Zeitungen schauten nur je ein Paar Hände und ein Paar gekreuzter Beine hervor. Der Bettler hob die Stimme. »Hätten Sie vielleicht zwanzig Pfennig? Zehn Pfennig? Fünf Pfennig?« Niemand reagierte.

Wäre der Bettler nicht Bettler, sondern Gott gewesen, er hätte die Stadt dem Erdboden gleichgemacht. Wie die Lage jedoch stand, begnügte er sich, den Wagen zu wechseln.

Dass die Geschichte sich nicht in Sodom zugetragen haben kann, liegt daran, dass Sodom keine U-Bahn besaß. Es begab sich dort jedoch eine ähnliche Geschichte, in der Gott der Bettler war. Zu Anfang wollte er die Stadt verschonen, wenn sich fünfzig gute Menschen darin fänden, am Schluss war er bereit, seine Ansprüche auf zehn Gute herunterzuschrauben. Zwei Engel sollten vor Ort die zehn ausfindig machen, doch leider war nur

17

ein einziger Bewohner gut genug erzogen, um die Engel mit »meine Herren« anzureden und ihnen die Gastfreundschaft anzubieten, das war Lot und, beim besten Himmelswillen: ein guter Mensch war nicht genug.

Lot begriff sofort, wovon die Rede war, und es lief ihm kalt den Rücken hinunter, als er seine Mitbürger vor der Türe brüllen hörte: »Schick uns deine Gäste heraus, dass wir sie erkennen!« Ihm blieb die Luft weg. Es gibt wirklich Leute, die vor nichts zurückschrecken, dachte er. Hätte Gott nicht rechtzeitig eingegriffen, so wäre es den Sodomitern womöglich in dieser Nacht gelungen, Näheres über das Geschlecht der Engel herauszufinden. So aber sind wir Jahrtausende später noch immer darüber im Ungewissen.

Abraham und Isaak

Während einer Reise ins Land der Philister stellte Abraham mit Besorgnis fest, dass der König Abimelech sich in seine Frau verliebt hatte, und da er keinerlei Lust verspürte, sein Leben für sie aufs Spiel zu setzen, gab er sie als seine Schwester aus. Auf diese Weise konnte ihm nichts passieren, und der Freier hatte freie Bahn. Er war es, der nun seine Haut riskierte, denn Gott hatte es zwar seinen Geschöpfen noch nicht ausdrücklich untersagt, mit verheirateten Frauen anzubändeln, aber man ahnte schon, was er von Ehebrechern hielt. Abrahams Lüge konnte den Philisterkönig das Leben kosten, denn ob der Sünder im Moment des Sündigens über den Zivilstand seiner Geliebten aufgeklärt war oder nicht, war Gott egal.

Jahre später reiste Abrahams Sohn Isaak mit seiner Frau Rebekka ins Reich der Philister, und da sie schön war und Abimelech gefiel, zog auch Isaak es vor, eher als Bruder denn als Gemahl zu gelten, so dass der Philisterkönig beinahe zum zweiten Mal in die Falle gegangen wäre. Von da an zog er es vor, sich von den Schwestern seiner Besucher fernzuhalten.

Jakob und Esau

Ob sie nun Schwestern, Mütter, Gemahlinnen oder unqualifizierbares Fleisch sind, die Frauen sind die Ursache unseres Unglücks von allem Anfang an. Die erste dieser Hexen zeigte den anderen den Weg – immer am Rande des Abgrunds entlang – und Rebekka trat in ihre Fußstapfen.

Isaak und Rebekka hatten zwei Söhne: der Älteste, Esau, hatte zuviel männliche Hormone und war von Kopf bis Fuß mit rotem Pelz bedeckt, der zweite hieß Jakob und war ebenso haar- wie skrupellos. Als der greise, erblindete Isaak den Tod nahen fühlte, wollte er seinen ältesten Sohn segnen, doch seine gewiefte Ehefrau schickte ihm ihren Liebling Jakob, nicht ohne ihn vorher mit Ziegenfell umwickelt zu haben, damit er seinem Bruder ähnelte. Isaak kamen wohl einige Zweifel, er nahm die Hand seines Sohnes und betastete sie, aber siehe, sie glich einer Affenhand und roch nach Bock. Beruhigt gab der Vater dem Behaarten seinen Segen, und als der mit echtem Fell bewachsene Esau auftauchte, war es zu spät, sein Segen war schon weg.

Man muss nämlich wissen, dass es nicht unendlich viele Segen gibt. Ein Patriarch zum Beispiel hat für seine

Söhne nur einen einzigen Segen zur Verfügung und für seine Töchter meist gar keinen. Also gewährte Isaak seinem betrogenen Sohn eine Verwünschung, davon hat man als Patriarch immer genug. So hatte schließlich doch noch jeder der beiden Brüder etwas abbekommen.

Die beiden Heiraten Jakobs

Seinen erschwindelten Segen in der Tasche, zog Jakob in die Ferne und ehelichte die zwei Töchter des Laban, Rahel, die er liebte, und Lea, die er nicht liebte. Lea gebar ihm einen Sohn, aber auch danach liebte er sie nicht. Also gebar sie ihm einen zweiten Sohn, dann einen dritten und vierten, aber Jakob liebte sie immer noch nicht.

Rahel war währenddessen kinderlos geblieben. Um Leas Vorsprung einzuholen, befahl sie ihrem Mann, ihre Dienerin Bilha zu schwängern, damit diese an ihrer Stelle Kinder gebäre. Als Lea davon hörte, schickte sie wutentbrannt ihre Dienerin Silpa zu Jakob, auf dass auch sie ihrer Herrin Kinder zeuge. Silpa gehorchte und kam mit zwei Jungen nieder. Darauf wurde Lea selbst noch einmal schwanger, und mit der Hilfe einiger Liebesäpfel und natürlich Jakobs bekam auch Rahel schließlich einen Sohn. Der glückliche Erzeuger zeigte langsam erste Zeichen der Erschöpfung und beschloss, die Flucht zu ergreifen. Statt aber seine kinderwütigen Ehefrauen bei seinem Schwiegervater zu lassen und alleine das Weite zu suchen, nahm er sie unbedachterweise mit.

Bevor sie das Haus verließen, stahl Rahel noch schnell

die Götzenbilder ihres Vaters und steckte sie zu ihrem Gepäck. Laban war außer sich, als er den Diebstahl bemerkte, eilte den Flüchtenden hinterher und durchforschte eines nach dem anderen ihre Zelte auf der Suche nach seinen Idolen. Dem Vorurteil gemäß, wonach Einfalt und Machthunger zu den männlichen Attributen gehören, Schlechtigkeit und List hingegen weibliche Eigenschaften sind, setzte sich Rahel auf die Götter ihres Vaters und tat, als wüsste sie von nichts. Nicht genug, dass sie mit ihrem Gesäß die heiligen Götzen einquetschte: sie erklärte ihrem Vater, sie habe gerade ihre Tage und könne sich leider nicht erheben. Und sie wurde nicht vom Blitz getroffen, und die Götter hielten still und wagten es nicht, ihre Kerkermeisterin in die Hinterbacken zu beißen.

Judas Söhne

Nun machten die Söhne Judas von sich reden, indem sie einer nach dem anderen starben. Er, der Erstgeborene, hatte das Pech, Gott zu missfallen. Nicht, dass er die Zeit gehabt hätte, Gutes oder Böses zu tun, so lange lebte er nicht. Sein Anblick war dem Herrn einfach zuwider, also brachte er Er um.

Daraufhin wurde Onan, der zweitälteste Sohn Judas, beauftragt, seinem verstorbenen Bruder Er Kinder zu zeugen und sich dafür Tamars, der Witwe Ers, zu bedienen. Aber da er sich lieber selbst Kinder gezeugt hätte als seinem Bruder, ließ er jedesmal, wenn er mit der Witwe schlief, sein Sperma zu Boden anstatt in den Bauch der Witwe fallen, wo es als Nachkommenschaft hätte enden können. Als ob Gott nicht sähe, in welche Richtung der Mensch seinen Samen verspritzt. Der naive Onan, der übrigens, entgegen allen Vorurteilen, die man gegen ihn hegt, nie onaniert hat, erhielt nun seinerseits sein Todesurteil aus Gottes Hand, oder was diesem Wesen an Handes Statt gewachsen ist.

Josef in Ägypten

Unter den zwölf Söhnen Jakobs war Josef in wachem Zustand gewiss der bescheidenste. Sobald er aber zu träumen anfing, lag ihm die ganze Welt zu Füßen: nacheinander holten die Weizengarben, die Sonne, der Mond und die Sterne zu einer tiefen Verbeugung vor ihm aus. Seine Brüder bekamen diese Machtphantasien in die falsche Kehle und warfen Josef in eine Zisterne, und eine Weile lang hörte man nichts mehr von ihm.

Später finden wir ihn in Ägypten wieder, wo er im Gefängnis gelandet und Traumdeuter geworden war. Er interpretierte die Träume der Mitgefangenen, wofür er übrigens nicht den geringsten Dank erntete. Die Psychoanalyse war noch nicht sehr verbreitet zu jener Zeit, so dass man Josef wahrscheinlich für einen gefährlichen Zauberer hielt. Auf jeden Fall siechte er weiter im Gefängnis dahin, ohne jede Hoffnung, jemals seine liebenswerten Brüder wiederzusehen.

Bis der Pharao eines Tages eigenartige Träume hatte und man sich an Josefs Talente erinnerte. Er hatte sieben dicke Kühe aus dem Wasser steigen sehen (was ja an sich schon merkwürdig ist, wenn man bedenkt, dass Kühe keine Wassertiere sind), unmittelbar gefolgt von sieben mageren Kühen, die die sieben dicken auffraßen. Die gehaltvolle Kost kam den kümmerlichen Viechern jedoch nicht einmal zugute. Nicht ein Gramm legten sie zu.

Da ist kein Zweifel erlaubt, sagte Josef, nachdem er sich den pharaonischen Traum angehört hatte. Ihr Traum bedeutet, dass die dünnen armen die dicken reichen Ägypter umbringen und sich mit ihnen den Bauch vollschlagen werden. Und mit Ihnen werden wir anfangen, mein lieber Pharao, denn Sie erscheinen mir recht rundlich und wohlgenährt.

Nein. Stimmt nicht. Natürlich sagt Josef dem Pharao nichts dergleichen. Er ist zwar kühn, aber kein Selbstmörder. Er denkt an die langen Jahre der Gefangenschaft. Und als guter Psychoanalytiker liefert er dem Pharao eine Traumdeutung, mit der er sich unentbehrlich macht. Sieben gute Jahre, sieben schlechte Jahre. Doktor Josef weiß, wie mit den Hungerzeiten umzugehen ist.

Josefs Agrarpolitik

Die sieben mageren Kühe siechten dahin; im ganzen Königreich war nichts Essbares mehr aufzutreiben. Josef hatte den Ägyptern alles Geld abgenommen und Getreide damit gekauft, das er im Palast des Pharaos gelagert hatte. Wollten sie nun Brot zu essen haben, so mussten die Ägypter sich an Josef wenden und ihr Vieh dafür hergeben. Als sie bis zum letzten Ziegenböcklein alles Vieh gegen Brot eingetauscht hatten, blieben ihnen nur noch ihre Landparzellen und ihre Körperkraft. Auch diese kaufte Josef ihnen ab, und er gab ihnen Saatgut, damit sie das Land, das ihnen nun nicht mehr gehörte, wenigstens noch bewirtschaften konnten mit ihren Körpern, die ihnen auch nicht mehr gehörten. Die Ägypter hatten nun nur mehr ihre Seele zu verkaufen, aber die interessierte Josef nicht, aus diesen Dingen schlagen allein Gott und der Teufel Profit, und was Josef angeht, so war er viel zu schlau, um in solch flüchtige Güter zu investieren. Also lieh er den Ägyptern ihre Körper, damit sie für ihn und seinen Chef, den Pharao, arbeiten konnten. Das taten sie auch, und sie dankten ihm dafür, dass er sie von ihrem materiellen Gewicht befreit und ihnen nur ihr geistiges

Wesen gelassen hatte, das, wenn nicht unbedingt leichter, so doch billiger zu ernähren war. Sieben guten Hungerjahren und seinem gerissenen Helfer hatte der Pharao es zu verdanken, dass er zu seinen Reichtümern nun auch alles Land seiner Untertanen zählen konnte, die im selben Atemzug seine Sklaven geworden waren.

Das war Josefs Agrarreform.

Das Buch Exodus

Jugend und Flucht des Mose

Obwohl Mose eine eher friedliche und behütete Kindheit hinter sich hatte – von einer Kreuzfahrt auf dem Nil einmal abgesehen, die er im Alter von drei Monaten in einem Binsenkorb machte –, wurde aus ihm ein recht hitziger junger Mann. Als er zum ersten Mal einem bösen Menschen begegnete, tötete er ihn. Er warf ein paar Hand voll Sand auf die Leiche und hoffte, so ungestraft davonzukommen, aber als er am nächsten Tag auf die gleiche Weise das Böse ausmerzen wollte, schalt man ihn Mörder. Mose bekam es mit der Angst und reiste in ein fernes Land, wo er sich auf den Rand eines Brunnens setzte. Die Brunnen waren damals Stätten der Annäherung zwischen den Geschlechtern. Jedesmal, wenn von einem Brunnen die Rede ist, kann man sicher sein, dass es bald fruchtbar wird um ihn herum und sich eifrig mehret. (Lieber Leser, höre bitte auf, in jeder Vertiefung ein Symbol zu sehen.) Kaum hatte er sich dort niedergelassen, da kamen auch schon junge Mädchen angelaufen, um Wasser zu schöpfen, und bald war Mose verheiratet und Familienvater. Ach ja: zuvor hatte er noch ein paar böse Männer verjagt. Er konnte nicht anders; wo er auch hinkam, musste er zunächst einmal gegen die bösen Männer angehen.

Der brennende Dornbusch

Jedermann weiß, dass der Teufel in glühender Hitze lebt und dass die Höllentemperatur nur selten, an den kältesten Tagen des Jahres, bis auf 90° C sinkt. Weniger bekannt ist, dass auch Gott die Hitze gut verträgt und mindestens dies mit seinem schlimmen Pendant gemein hat. Mose allerdings wusste offenbar Bescheid über die außerordentliche Widerstandskraft, die sowohl den Herrn der Unterwelt als auch den Himmelsvater auszeichnet, denn er wunderte sich wenig, als Gott ihm inmitten eines brennenden Dornbusches erschien. Gott ist nicht brennbar, hatte man ihn wahrscheinlich gelehrt, als er klein war. Aber ein Busch, der brennt, ohne zu verbrennen, das war mehr, als Mose fassen konnte, und er wurde dieses Anblicks nicht müde und lief näher heran, bis ihm Gott befahl, stehen zu bleiben und sich die Schuhe auszuziehen. Mitten aus dem übernatürlichen Dornbusch tönte die Stimme Gottes und versprach ihm und seinem Volk eine bessere Zukunft. So etwas schlägt man nicht aus, vor allem, wenn man sich schon seit Jahren damit abrackert, einen trockenen Boden aufzukratzen, und auf Befehl des Pharao alle kleinen Jungen in den Nil werfen muss. Ich werde euch in ein wunderbares Land führen, ein Land, in dem Milch und Honig fließen, sagte Gott zu Mose.

Mose wagte nicht, dem Herrn in seine Pläne hineinzureden, aber er persönlich hätte ein Land vorgezogen, in dem Kohlköpfe und Maiskolben wachsen und Obstbäume, wie in früheren, besseren Zeiten. Nichts ist glitschiger als ein Boden voll Milch und Honig. Aber besser ein glitschiger Boden als gar keiner. Und einen göttlichen Vorschlag abzulehnen kam ohnehin nicht in Frage.

Ich bin Ich-bin-da, sprach Gott zu Mose (Ich-bin-da ist der Name, den Gott sich gibt, wenn er von sich selber spricht).

Ich bin Ich-bin-auch-noch-da, sagte Mose, aber so leise, dass ihn niemand hörte.

Berufung des Mose

Es kommt gar nicht in Frage, dass ihr mit leeren Händen von hier fortzieht, sagte Gott zu Mose. Ihr werdet zwar in einem Land ansässig werden, in dem Milch und Honig fließen, aber zuvor tätet ihr gut daran, die Ägypter auszuplündern und ihnen ihr Gold, ihr Silber und ihre Kleider zu rauben. Ihr braucht diese Kostbarkeiten nur von ihnen zu verlangen; ich werde sie zuvor schon so für euch eingenommen haben, dass sie euch gerne und ohne Murren all ihr Hab und Gut überlassen werden.

Da Mose trotz aller guten Worte ein wenig skeptisch blieb, was seine Überzeugungskraft anging, schenkte ihm Gott neben anderen Herrlichkeiten eine Hand, die je nach Wunsch leprös war oder nicht. Doch Mose wollte der Macht seiner wunderbaren neuen Hand nicht recht trauen. Entschuldige, Herr, sagte er zaghaft. Würde es dir sehr viel ausmachen, jemand anderes an meiner Stelle zu den Ägyptern zu schicken?

Gott war es langsam satt, mit dem Drückeberger, den er sich immerhin selbst ausgesucht hatte, weiter zu verhandeln. Geh, antwortete er ihm, und versuche nicht länger, dich deiner Aufgabe zu entziehen. Du oder ein anderer, was macht das schon für einen Unterschied. Bin ich es nicht, der euch Menschen sagt, was ihr zu tun habt, und der euch die Mittel dazu verleiht?

Aber meine Zunge ist so schwer, wie soll ich da mit den Ägyptern verhandeln?, beharrte Mose.

Da riss dem Herrn der Geduldsfaden. Geh mit Gott, aber geh!, rief er Mose aus seinem Dornbusch zu. Du wirst den Pharao aufsuchen und ihn auffordern, dein Volk ziehen zu lassen, aber er wird sich nicht erweichen lassen, denn ich werde ihm die nötige Sturheit verliehen haben. Also wirst du ihm die Plagen ankündigen, mit denen ich ihn und sein Volk strafen werde.

Willst du nicht doch lieber jemand anderes schicken?, fragte Mose, aber er fühlte den strengen Blick Gottes auf sich ruhen, und so machte er sich endlich auf den Weg.

Die ägyptischen Plagen

Das Volk Israel hatte nur einen Wunsch: in Frieden davonzuziehen in das Land, wo Milch und Honig fließen, und die übrige Menschheit ihrem traurigen Schicksal zu überlassen – ein Wunsch, der eigentlich jedem Außenstehenden einleuchten musste, den aber der Pharao durchaus nicht willens war zu erfüllen, denn das hätte für ihn den Verlust Tausender von Sklaven bedeutet.

Als der Tag der Aussprache gekommen war, brauchte Mose von seiner leprösen Hand gar keinen Gebrauch zu machen; Gott hatte ihm genügend andere Wunder zur Verfügung gestellt, mit denen er den Pharao beeindrucken sollte. Zuerst kam es zu einem Stöckevergleich. Moses Helfershelfer Aron warf den seinen zu Boden, und siehe, der Stock verwandelte sich in eine Schlange. Zum großen Ärger Gottes und seines Knechtes Mose kannten die ägyptischen Zauberer dieses Kunststück aber schon, und auch ihre Stöcke verwandelten sich in Reptilien. Da brauche ich auch keinen Gott, dachte Mose, wenn jeder kleine Zauberer dieselben Kunststücke vollbringen kann. Glücklicherweise fraß sein bzw. Gottes Stock die anderen Stöcke auf, aber das ist ja wirklich das mindeste, was man von einem göttlichen Stock erwarten kann.

Nun befahl Gott Mose, seinen gefräßigen Stock aufzuheben und damit den Nil zu schlagen, um das Nilwasser in Blut zu verwandeln. Gesagt, getan. Aber auch dieses Kunststück konnten die ägyptischen Zauberer genauso gut vollbringen, so dass bald kein einziger Wassertropfen im ganzen Land mehr zu finden war, denn das Kunststück funktionierte nur in der einen Richtung, und Blut in Wasser verwandeln konnte offenbar keine von beiden Parteien.

Nun ging man zu den Fröschen über. Wenn du uns nicht ziehen lässt, ermahnte Gott den Pharao durch Moses Mund, wird dein Land bald von einer Froschplage heimgesucht werden; bis in dein Bett werden sie hüpfen und des Nachts werden sie an deinem Körper und Gesicht kleben und quaken. Der Pharao bekam Gänsehaut, blieb aber standhaft. Da überfielen die Frösche zu Tausenden das Land, und weil die ägyptischen Zauberer zeigen wollten, dass sie sich im Fröschezaubern mit jedem Gott messen konnten, war Ägypten bald so voll gepackt mit Fröschen, dass kein einziger Frosch mehr dazugepasst hätte. Der Pharao bat Mose inständig, er möge sich bei seinem Gott für ihn einsetzen, damit dieser das Froschkonzert doch wieder einstelle. Mose schrie: Lieber Gott! Wärst du so liebenswürdig, die Frösche zu beseitigen? Und Gott erhörte ihn und sandte ihm stattdessen Stechmücken. Die ägyptischen Zauberer setzten ihre ganzen Kräfte daran, auch Stechmücken zu fabrizieren, aber sie waren mit ihren Bemühungen noch nicht zu Ende, da kam schon anderes Ungeziefer über das Land, eine Plage jagte die andere, und sie kamen mit dem Zaubern nicht mehr nach.

Jedesmal, wenn der Pharao so weit war, dass er Moses Leute ziehen lassen wollte, machte Gott ihn wieder unbeugsam und böse, um seine Plagen bis zur letzten ausspielen zu können. Erst bekamen die Tiere, die ja immer alle menschlichen Sünden mit ausbaden müssen, eine schlimme Seuche, dann wuchsen Mensch und Tier Geschwüre mit aufplatzenden Blasen. Das war die ekligste der Plagen, die Gott zu bieten hatte.

Der Pharao, der durch Gottes Zutun ungefähr so leicht zu erweichen war wie ein Granitblock, zeigte sich unbeeindruckt von diesem Plagenfeuerwerk. Ich hätte dich und dein ganzes Volk an der Pest sterben lassen können, gab Gott ihm zu bedenken, statt euch mit meinen unzähligen Plagen zu plagen. Wenn ich davon bisher abgesehen habe, so nur, um euch zu zeigen, wie mächtig ich bin.

Daraufhin schickte er eine neue Plage (Hagel), die nur das Vieh und die Sklaven tötete, und dann noch eine (Heuschrecken), die das bisschen Nahrung, das den Ägyptern geblieben war, auch noch vernichtete. Worauf sich das pharaonische Herz weiter verhärtete, um sich die vorletzte Plage (Finsternis) zu verdienen. Fortschreitende Verhärtung bis zur letzten Plage (Tod der Erstgeborenen).

Ich will euch nicht mehr sehen! schrie der Pharao nun endlich, am Ende seiner Verhärtung angelangt. Verschwindet! Nehmt euer Vieh und alles, was ihr wollt, und geht! So kam es, dass die Abreise des Volkes Israel aus Ägypten am Ende doch mehr einer Ausweisung gleichkam.

Das Meerwunder

Zehnmal hintereinander hatte Gott sich des Pharao bedient, um seine Macht zu bezeugen und sich zu verherrlichen. Er hatte alles Vieh des Landes getötet und einen guten Teil der Menschen, die Überlebenden hatte er mit Pestbeulen bedeckt und ihrer Güter beraubt, und ihre Ernte hatte er vernichtet.

Dabei hätte er es eigentlich belassen können. Aber sein Verlangen nach Anerkennung war noch lange nicht gestillt. Von der fixen Idee besessen, den Menschen seine Macht zu beweisen, befahl er Mose, seine Leute ein Stück Wegs zurückzuführen, damit die Ägypter glaubten, sie hätten sich verirrt, und sie angriffen. Es drängte ihn, das Volk Israel noch einmal zu retten und ein paar tausend weitere Ägypter zu töten.

Der Pharao, der bisher noch in jede Falle getappt war, die Gott ihm aufgestellt hatte, machte sich auch tatsächlich mit seiner Armee auf, um die einzuholen, die er gerade erst davongejagt hatte. Da spaltete Mose mit seinem Zauberstab das Meer. Zwischen zwei Wassermauern zogen seine Leute voran und die Soldaten des Pharao immer hinterher, und zwischen den Streithähnen, in seinen Wolkenmantel gehüllt, lief der Herr.

Als die Fluten sich im Morgengrauen wieder schlossen, gab es bei den Ägyptern keine Überlebenden. Zehn Plagen hatten sie überstanden, von denen eine schrecklicher gewesen war als die andere, und nun mussten sie kläglich ertrinken. Die Wege des Herrn sind manchmal erforschbar, doch sollte man sich in Acht nehmen, wenn sie mit wässernen Mauern gesäumt sind.

Die Wüstenwanderung

Wen Gott nicht leiden kann, den bewirft er mit Hagelkörnern. Auf seine Lieblinge aber lässt er Brot regnen, was zwar nicht weniger schmerzhaft ist, aber wer unbeschädigt davonkommt, hat wenigstens ein paar Tage lang etwas zu essen. Die Israeliten saßen in der Wüste wie junge Vögel im Nest, die die Schnäbel aufgesperrt gen Himmel strecken, und forderten von Gott, dass er ihnen zu essen und zu trinken gäbe. Also verschrieb Gott seinem auserwählten Volk eine vierzigjährige Diät, die hauptsächlich auf Absonderungen von Insekten beruhte: das Manna. Derart gesättigt, mussten die Israeliten Amalek und seine Männer bekämpfen. Den Sieg verdankten sie Mose, der auf einen Hügel gestiegen war und während der langen Kämpfe eine Hand in die Luft hielt. Schreib dieses Ereignis nieder, befahl Gott Mose, denn ich will jede Erinnerung an Amalek aus den Gedächtnissen löschen. Wir haben Amalek besiegt, und zwischen Gott und Amalek ist ewiger Krieg, schrieb Mose und sorgte so ohne es zu wollen dafür, dass der Name Amalek endgültig in die Geschichte einging.

Der Bund und der Dekalog

Gott ließ Mose auf einen Berg steigen und erklärte ihm: Die Erde gehört mir, der ich sie geschaffen habe. Alles, was darauf lebt und atmet, ist mein persönliches Eigentum. Mein allereigenstes Eigentum aber sollt ihr selbst sein und, wenn ihr meine Empfehlungen befolgt, auch bleiben.

Mose stieg wieder hinunter und wiederholte die göttlichen Worte vor seinem Volk, und das Volk erklärte sich bereit, alles zu tun, was Gott von ihm verlangte. Also kletterte Mose wieder auf den Berg und gab dem Herrn Bescheid über den Ausgang der Beratungen (überhaupt verbrachte Mose viel Zeit mit dem Erklimmen und Wiederherabsteigen von Bergen, denn unpraktischerweise suchte ihn Gott nie im Tal auf, sondern befahl ihm, sich auf halbem Wege mit ihm zu treffen). Sehr schön, antwortete ihm der Herr, aber um mir das zu sagen, hättest du nicht extra hochkommen müssen. Hast du vergessen, dass ich überall Ohren habe und dass mir kein Wort, das auf Erden gewechselt wird, entgeht? Steig schnell wieder hinunter und sage deinen Leuten, sie sollen sich und ihre Kleider waschen und achtundvierzig Stunden lang mit keiner Frau schlafen. Nichts ist unreiner als die

43

Frau, wenn man einmal von manchem wirklich ekel-
erregenden Getier absieht.

Das Volk Israel gehorchte und war bald sauberer denn
je zuvor. Bevor er ihm endlich seine Gebote verkündete,
sandte Gott, um seine Schützlinge einzuschüchtern, ein
schweres Gewitter, löste ein Erdbeben aus und einen
Vulkanausbruch, von dem ohrenbetäubenden Horrnge-
schmetter ganz zu schweigen, das das Krachen und Be-
ben der Elemente noch übertönte. Wer wäre da nicht
verängstigt oder zumindest beeindruckt gewesen? Leider hatte aber dieser Lärm zur Folge, dass die Stimme
Gottes kaum zu hören war, zumal die meisten Gottesfürchtigen die Beine in die Hand genommen hatten, außer Mose, der unermüdlich, ja, fast schon reflexartig,
den Berg hinauf- und wieder hinunterlief. Auch war er
der einzige, der, oben angekommen, von den Worten
des Herrn einige Fetzen aufschnappte.

Wenn die zehn Gebote in der Folgezeit nur so wenig
beachtet wurden und bis heute eher unbeachtet bleiben,
so sind die katastrophalen akustischen Bedingungen,
die zum Zeitpunkt ihrer Verbreitung herrschten, wohl
nicht ganz unschuldig daran. Um einen Vergleich auf
irdischer Ebene zu ziehen: wenn Sie vor einem großen
Auditorium eine Rede halten müssten, kämen Sie dann
auf den Gedanken, Radio und Fernseher auf die Höchst-
lautstärke zu drehen, eine Blaskapelle kommen zu lassen
und den Staubsauger einzuschalten?

Um den Bund zu schließen zwischen Gott und seinem Volk, musste Mose noch einmal auf den Berg steigen. Kaum war er wieder hinabgestiegen, da rief ihn der Herr auch schon wieder zu sich, um ihm die steinernen Tafeln zu übergeben, in die er gerade seine Gesetze eingeritzt hatte. Wie gewöhnlich steckte er in einer großen, heißen Wolke, und dort ließ er Mose vierzig Tage lang schmoren, bis er ihm das Mobiliar seiner neuen irdischen Bleibe in Auftrag gegeben hatte. Aus Gold sollte seine Wohnstätte sein, mit einigen edlen Stoffen und Hölzern, ein wenig Silber und Bronze, alles andere aber aus reinem Gold.

Wenn ihr mein Haus gebaut und alles Gold darin ordnungsgemäß mit Blut beschmiert habt, dürft ihr euch am siebten Tage ausruhen, denn auch ich habe sechs Tage lang gearbeitet und mich anschließend ausgeruht, und ich möchte, dass ihr es mir gleichtut.

Das ist ja schön und gut, dachte Mose, nur vergisst er dabei, dass wir am achten Tage mit unserer Arbeitswoche wieder von vorne anfangen und es in diesem Rhythmus bis ans Ende unserer Tage weitergeht, während er sich seit dem ersten Sonntag von seinen sechstägigen Anstrengungen erholt.

Natürlich behielt Mose diese Betrachtungen für sich, soweit man überhaupt Betrachtungen für sich behalten kann in Gegenwart eines Gottes, der so indiskret ist, in anderer Leute Gedanken zu lesen.

Das goldene Kalb

Kaum hatte Mose seinen Landsgenossen den Rücken gekehrt, um den Anweisungen des Herrn zu lauschen, nutzten diese die Gelegenheit, um ein Kalb anzubeten. Gott, der aus seiner Rauchwolke heraus das Geschehen beobachtete, bekam einen Wutanfall und ließ sich nur mit Mühe von Mose wieder beruhigen. Ich werde sie alle umbringen!, schrie er. Sie haben es gewagt, mich durch ein Kalb zu ersetzen. Nach allem, was ich für sie getan habe!

Aber nein, versuchte ihn Mose zu beruhigen, sie haben es nicht böse gemeint. Schau doch, sie haben das Kalb ganz in Gold gegossen; ganz bestimmt haben sie dabei an dich gedacht. Vergiss nicht, dass du ihnen Nachkommen versprochen hast, so zahlreich wie die Sterne am Himmel. Und jetzt willst du sie umbringen. Muss man als Gott nicht sein Wort halten? Und der Herr ließ sich besänftigen.

Als Mose, die zwei Gesetzestafeln unter dem Arm, den Berg wieder herunterstieg, sah er seine Landsleute um das goldene Kalb herumtanzen. Vor Ärger zerschmetterte er die steinernen Tafeln, wozu es allein schon einiger Kraft bedurfte, zermahlte das goldene Kalb mit den Füßen und gab den Sündern den Goldstaub zu essen, eine recht unverdauliche Nahrung, von der heiligen und unheiligen Völkern sonst eher abgeraten wird.

Wer ist für Gott und wer ist für das Kalb?, fragte er seine Leute darauf. Und er befahl den Leviten, die sich als einzige für Gott entschieden hatten, alle Andersgläubigen umzubringen. Gott segnet euch heute, denn ihr habt eure Brüder und Freunde ermordet, lobte sie Mose nach vollbrachter Tat.

Doch der Herr hatte die Sache mit dem Kalb sehr übel genommen und war böse mit seinem auserwählten Volk, besser gesagt mit denjenigen, die davon übriggeblieben waren. Hätte Mose ihn nicht ständig an sein Versprechen erinnert, so hätte er es zweifellos mit seinem rächenden Daumen zerdrückt.

Ich bin sicher, du bist ein schöner Gott, schmeichelte ihm Mose. Ich bitte dich, zeige dich doch deinem Diener!

Wenn du darauf bestehst, entgegnete der Herr, so will ich denn in meiner ganzen Pracht an dir vorüberziehen, allerdings werde ich dir dabei die Hand vor die Augen halten, damit du ja kein Zipfelchen meiner Herrlichkeit erblickst. Nur von hinten, wenn ich schon an dir vorbei bin, darfst du einen kurzen Blick auf mich werfen.

So kam Mose als erster Mensch in den Vorzug, den Herrn von hinten gesehen zu haben. Verdient nun unser Gott den Beinamen Kallipygos oder nicht? Falls Mose sich eine Meinung dazu gebildet haben sollte, behielt er sie für sich.

Nun mussten die Gesetzestafeln neu angefertigt werden. Gott erklärte sich einverstanden, die Gesetze noch einmal in neue Tafeln einzumeißeln, und diesmal fügte er das Gebot hinzu: Du sollst dir keine Götterkopien, und insbesondere keine Kälber, aus Metall gießen. Denn der Herr beobachtete nun den Menschen schon eine ganze Weile, und er merkte langsam, wozu der im Stande war.

Endlich konnten die Israeliten das Heiligtum fertig bauen, wie Gott es ihnen aufgetragen hatte. Eine gute Tonne Gold und dreieinhalb Tonnen Silber wurden dazu benötigt. Das wäre natürlich kein Problem gewesen, wenn sie zu diesem Zeitpunkt das Ziel ihrer Reise schon erreicht gehabt hätten. Leider hatten sie aber noch einen langen Fußmarsch vor sich, und jedes Mal, wenn der Herr ihnen das Zeichen dazu gab, mussten sie das Gotteshaus in seine Einzelteile zerlegen, sich diese auf den Rücken laden und weiterlaufen. So mancher dachte vielleicht im Stillen, dass ein Kalb doch leichter zu transportieren gewesen wäre, aber was diesen Punkt anging, ließ Mose nicht mit sich reden.

Das Buch Levitikus

Das Opferritual – Vorschriften über rein und unrein

Man glaube nicht, dass Gott, nachdem er die Gesetzestafeln beschrieben hatte, mit seinen Ermahnungen schon zu Ende war. Die meisten Vorschriften sollten erst noch erlassen werden:

Jedes Mal, wenn ein Mensch eine Sünde begeht, muss ein Tier an seiner Stelle sterben, so lautet das Gesetz des Herrn. Für die großen Sünden und die dicken Brieftaschen bzw. die großen Viehherden ziemt es sich, ein großes Tier zu töten (zum Beispiel einen Stier), für die kleinen Sünden und die kleinen Leute reicht ein kleines Tier (eine Turteltaube). Auf keinen Fall darf man das Blut der Tiere trinken, stattdessen soll man den Altar reichlich damit besudeln.

Wer im richtigen Moment die falsche Räucherpfanne nimmt und Gott mit einem gut gemeinten, aber unerlaubten Feuer behelligt, wird von den Flammen verzehrt werden. Die Strafe ist streng, das muss man zugeben. Aber Gott duldet nun einmal keine Zerstreutheit bei seinen Anhängern.

Was die reinen und unreinen Tiere angeht, so darf man Hasen mit gespaltenen Klauen ohne weiteres verzehren, ebenso wie wiederkäuende Schweine und Muscheln, soweit sie mit Schuppen oder Flossen ausgestattet sind.

Eine Frau, die einen Knaben zur Welt bringt, ist eine Woche lang unrein, gebiert sie aber ein Mädchen, ist sie es zwei Wochen lang. In dieser Zeit darf sich ihr niemand nähern, wie man ja auch mit einem Aussätzigen nicht in Berührung kommen soll. In seiner Güte dispensierte der Herr die junge Mutter davon, ihre Kleider zu zerreißen und den ganzen Tag lang »Unrein! Unrein!« zu rufen, wie es die Pflicht jedes ansteckenden Unreinen ist.

Wenn sie nicht gerade mit einer Frau verkehrt oder eine Sünde begangen haben, sind Männer selten unrein. Begriffsstutzig vielleicht, machtbesessen zweifellos, aber unrein, nein, das kann man eigentlich nicht sagen. Auch darf man sie berühren, wann es einen danach verlangt, und von diesem Recht machen die Frauen ja auch reichlich Gebrauch.

Bei Bedarf können die Sünden einem Bock auf den Kopf geladen werden, der sie dann in die Wüste trägt und dort ablegt. Wissenschaftler halten es nicht für ausgeschlossen, dass aus diesen Sündenhalden später die Oasen entstanden sind.

Das Buch Numeri

Die Musterung

Eines schönen Tages war Gott mit dem Erlassen von Gesetzen zunächst einmal fertig. Nun galt es, eine andere Beschäftigung zu finden.

Ich habe unter allen Völkern ein Volk ausgewählt, sagte er sich. Ich habe es erzogen, ich habe es verwöhnt, ich habe mich in Feuer und in Dunst gehüllt, um ihm den rechten Weg zu zeigen. Nun würde ich gerne wissen, wie viele sie eigentlich sind. Und er befahl den Israeliten, eine ordnungsgemäße Volkszählung vorzunehmen, also die Kinder, die Alten und die Frauen wegzulassen.

Die Nachkommen Levis waren noch auserwählter als die anderen Auserwählten, und so wurden sie extra gezählt, männliche Kinder und Alte inklusiv, Frauen und Viehzeug exklusiv. Gezählt wurde nur, wer zählte, und es zählte nur, wer zählen konnte, und das können die Rindviecher halt nicht. Man kam auf eine Zahl von 22 000 Leviten, von denen 8580 das rechte Alter hatten, um beim Umzug des goldenen Gotteshauses in das Land von Milch und Honig mithelfen zu können.

Nun waren also alle Auserwählten männlichen Geschlechts, was ja wohl ein Pleonasmus ist, statistisch

55

erfasst und nach Sippenzugehörigkeit geordnet (endlich ein bisschen Ordnung in den Angelegenheiten des Herrn). Ein Zahlenvorhang war auf die Bühne gefallen, auf der sich schon die Buchstaben der Gebote stapelten. Als er wieder hochging, fielen neue Buchstaben vom Himmel in Form von zusätzlichen Gesetzen.

Willst du wissen, ob deine Frau mit einem anderen geschlafen hat oder nicht, sagten die Gesetze, so soll der Priester ihr ein bitteres Gebräu zu trinken geben. Wenn sie dich betrogen hat, wird ihr unter furchtbaren Schmerzen der Bauch anschwellen und ihr Geschlecht wird verwelken, und du kannst sicher sein, dass sie dich zum letzten Mal betrogen hat. Ist sie aber unschuldig, so wird das Gebräu wie Wasser durch sie hindurchrinnen.

Und vom Himmel fielen Buchstaben und wieder Buchstaben.

Da die Israeliten nun schon seit Jahren außer Ziffern, Zeichen und Insektenausscheidungen nicht viel zu beißen bekommen hatten, fingen ihnen die auserwählten Mägen an zu knurren. Wir wollen Fleisch, schrien sie. In Ägypten gab es wenigstens Fisch, so viel man wollte, und Gurken und Melonen.

Ich habe mir die Mühe gemacht, euch hierher zu führen und zum mächtigsten Volk der Erde zu ernennen, antwortete der Herr, am Ende seiner Geduld. Und ihr bringt es fertig, mir ständig die Ohren voll zu jammern. Ihr wollt Fleisch? Nun gut, ihr sollt welches haben. Ei-

nen Monat lang sollt ihr so viel Fleisch zu essen bekommen, dass ihr bald nicht das kleinste Stückchen mehr
werdet herunterwürgen können, so übel wird euch sein
vor lauter Fleisch! Also dann! Guten Appetit! Und er
mästete sie mit Wachteln einen vollen Monat lang.

An diesem Punkt der Reise war das gelobte Land schon
ganz nah. Es brauchten nur noch die Eingeborenen verjagt zu werden, was mit Gottes Hilfe ein Kinderspiel
war. Aber leider hatte das Volk Israel noch immer kein
rechtes Vertrauen zu seinem Gott. Dieses Land ist mit
Riesen bevölkert, jammerte es. Mit denen wollen wir
uns nicht anlegen, lieber wollen wir wieder nach Ägypten zurückkehren und Sklaven sein.

Das war mehr, als die göttliche Geduld ertragen konnte. Aber auch diesmal gelang es Mose, den Herrn mit
einer List zu besänftigen. Du hast geschworen, dass du
uns in dieses Land führen wirst, ermahnte er ihn. Wenn
du dein Vorhaben nun aufgibst, wird jeder denken, es
sei dir nicht gelungen. Vergib ihnen ihre Schwäche!

Nun gut, ich vergebe ihnen, antwortete Gott in seiner Güte. Aber das soll mich nicht daran hindern, sie
zu töten, und zwar an Ort und Stelle, noch hier in der
Wüste, denn sie haben mich wirklich zur Weißglut gebracht (siehe Kapitel ›Der brennende Dornbusch‹).

Einzig Mose und ein paar seiner treuesten Diener
entgingen dem neuerlichen Blutbad. Nun erwies es sich
als nützlich, dass man kurz zuvor die Lebenden gezählt
hatte: so brauchte man jetzt die Toten nicht zu zählen.

Eine Frage aber ging Mose nicht aus dem Kopf: Wen Gott auserwählt hat, dem gibt er Kraft, Fruchtbarkeit, Wasser zum Trinken und zum Durchqueren und Wachteln in Hülle und Fülle. Könnte er ihm da nicht auch eine winzige Dosis Gottvertrauen einhauchen? Er schenkt uns einen Gott, warum schenkt er uns nicht gleich den dazugehörigen Glauben? Und sei es nur ein ganz kleines bisschen?

Gott überhörte die Frage und schenkte seinen Auserwählten statt Glauben ein speziell für sie hergestelltes Toilettenwasser, das aus der Asche einer roten Kuh gewonnen wurde. Damit sollten sie sich jedesmal besprengen, wenn sie eine Leiche angefasst hatten, und an Leichen mangelte es nicht.

Von den wenigen, die zu diesem Zeitpunkt noch am Leben waren, ließ der Herr einige (zweihundertfünfzig) verbrennen, andere (Anzahl ungewiss) von der Erde verschlucken und wieder andere (vierzehntausendsiebenhundert) an einer nicht näher definierten Plage sterben. Auch brachte er seinen treuen Diener Aaron um, ohne einen triftigen Grund dafür zu nennen. Man nimmt allerdings an, dass er bzw. Mose den fatalen Fehler begangen hatte, zweimal mit seinem Stab an den Felsen zu schlagen, um Wasser daraus hervorzuzaubern, statt einmal, wie Gott es befohlen hatte.

Die Glücklichen, die auch diesen Massakern entronnen waren, mussten sich noch einmal einer Volkszählung unterziehen, als sei das Leben nichts weiter als eine lange, pedantisch genaue, von brutalen Subtraktionen unterbrochene Addition. Und siehe da, allen Blutbädern und Plagen und Bestrafungen zum Trotz, die ohne Ende auf sie niedergeprasselt waren, kamen die Israeliten in etwa ebenso zahlreich an, wie sie abgereist waren, was entweder auf einen Rechenfehler oder darauf zurückzuführen ist, dass das Volk während der ganzen Reise nur ans Mehren gedacht und so die von Gott geschlagenen Breschen der Reihe nach wieder gestopft hatte.

Das Buch Deuteronomium

Die zehn Gebote

Schon in diesen weit zurückliegenden Zeiten bediente sich die Pädagogik, so viel sie konnte, der Wiederholung. Die ganze Erziehung passte in zehn Sätze, die alle nach dem Modell »du sollst« bzw. »du sollst nicht« konstruiert waren und von Gott diktiert und von Mose wiederholt wurden. Auf diese Weise gedachte man den widerspenstigen, um nicht zu sagen undurchlässigen Köpfen die rechte Lehre einzuhämmern.

Du sollst dir von deinem Gott kein Bild machen, zum Beispiel. Mangels genauerer Angaben, was die Erscheinung Gottes angeht, gerät der Mensch leicht in die Versuchung, seiner Phantasie freien Lauf zu lassen. Nun scheint die menschliche Phantasie aber leider die Enge des Stalls dem Freilauf vorzuziehen, jedenfalls denkt sie sich ihren Gott mit großer Beharrlichkeit als bärtigen Opa. Nach einer Weile hatte der Herr verständlicherweise genug von diesen Greisen, die man allgemein mit seiner Herrlichkeit verwechselte und deren untere Hälfte meist bis zur Taille in einer dicken Wolke steckte. Sehe ich wirklich so langweilig aus?, fragte er, aber da war keiner, der ihm Antwort geben konnte, und die Spiegel stellten sich dumm und blieben blind, als verwechselten sie ihn mit einem Vampir. In der Hoffnung, so weitere unpassende Vergleiche zwischen sich und seinen Geschöpfen zu verhindern – sollte er vielleicht warten, bis man ihn als Krokodil darstellte oder als Elefant? –, verbot der Herr die bildenden Künste schlechthin. Ein Gebot, dessen Einhaltung nicht sehr schwierig sein dürfte, könnte man denken, das aber in Wirklichkeit zu den problematischsten Vorschriften überhaupt gehört.

Die Menschen, wenn sie nachdachten, wussten zwar genau, dass Gott weder einem bärtigen Opa noch einem goldenen Kalb glich, ja, dass er überhaupt nicht irgendetwas glich, was sie mit ihren Augen hätten sehen können. Aber sie wandten sich eben lieber an einen bärtigen Opa oder an ein goldenes Kalb als an ein unvorstellbares Etwas, dessen tiefe Stimme aus dem Nichts heraus dröhnend zu ihnen drang.

Das deuteronomische Gesetzbuch

Sollten deine Frau, dein Sohn oder dein Bruder auf den Gedanken kommen, andere Götter als mich anzubeten oder sich vor der Sonne oder dem Mond zu verneigen, fuhr Gott fort, so sollst du sie steinigen. Sie waren dann wohl die Zuneigung, die du ihnen entgegenbrachtest, nicht wert.

Wenn du ein totes Tier findest, sollst du es nicht essen, aber nichts hindert dich daran, das Aas an einen Ausländer zu verkaufen.

Alle sieben Jahre sollst du deine Äcker brachliegen lassen. Gegen deine Pächter sollst du nicht mit Gewalt vorgehen, es sei denn, es handelt sich um Fremde.

Um die falschen Propheten von den wahren, von mir ernannten, zu unterscheiden, brauchst du nur abzuwarten. Die Vorhersagen der wahren Propheten treffen ein, die der falschen nicht. Wozu ist aber solch ein Prophet nütze, fragst du, wenn man ohnehin erst erfährt, ob er Recht hatte, wenn es schon zu spät ist? Zu nichts. Absolut nichts. Aber ein Stellenabbau in diesem Berufszweig würde nur unnötig die Arbeitslosenziffern hochschnellen lassen, und so lasse ich sie vorläufig weiter vor sich hin prophezeien.

Wer dir ein Auge aussticht, dem sollst du ein Auge ausstechen, und wer dir zwei Augen aussticht, dem sollst du zwei Augen ausstechen, wenngleich das nicht so einfach sein wird ohne Augenlicht. In diesem Fall sollst du ausstechen, so gut es eben geht.

Du sollst vor deinen Pflug nicht Ochse und Esel gemeinsam spannen. Du sollst keine Mischgewebe aus Leinen und Wolle tragen. Du sollst die anderen Völker für ihre lächerlichen Bräuche verachten.

Das Gotteshaus dürfen nur reinrassige Israeliten mit unversehrten Hoden und unversehrtem Penis betreten. Bastarde, auch wenn sie schon seit zehn Generationen hebräische Vorfahren vorweisen können, sowie Männer mit zerquetschten Hoden oder abgeschnittenem Penis müssen vor der Tür bleiben.

Nach einem nächtlichen Samenerguss darfst du zu Hause bleiben und musst nicht in die Schlacht ziehen.

Du sollst deine Notdurft nicht im Feldlager verrichten, Gott würde sich von dir abwenden. Du sollst außerhalb des Lagers defäkieren und immer eine Schaufel im Gepäck haben, damit du deinen Dreck gleich vergraben kannst.

Wenn ein Mann sich weigert, mit der Witwe seines Bruders zu schlafen, so sollst du ihm eine Sandale ausziehen und ihm ins Gesicht spucken und sein Haus soll Barfüßerhaus heißen.

Wenn zwei Männer miteinander raufen und die Frau des einen den anderen an den Hoden zieht, um ihrem

Mann zu Hilfe zu kommen, so sollst du ihr die Hand abschlagen.

Wenn ihr mir gehorcht, beendete Gott seine Rede, dann werdet ihr mächtig und reich und glücklich sein. Wenn ihr mir aber nicht gehorcht, dann werdet ihr arm sein und elend und tot. Sucht es euch aus.

Tod des Mose

In Wahrheit war das Schicksal der Israeliten schon vorgezeichnet. Obgleich Gott sich bemühte, sie vom Gegenteil zu überzeugen, hatten sie keine Wahl. Nun, da sie dem gelobten Land schon ganz nah waren, sagte ihnen der Herr ihre Zukunft voraus, und die war längst nicht so rosig, wie er versprochen hatte. Wohl sollten sie sich kurz ausruhen und ein paar Milch- und Honigbäder nehmen dürfen, aber kaum würde dieser Erholungsurlaub abgelaufen sein, so würde er sie in alle Winde zerstreuen, sie mit den furchtbarsten Krankheiten und Plagen strafen und sie elend verkommen lassen.

Im Rückblick können wir sagen, dass die göttlichen Vorhersagen eingetroffen sind. Der Herr ist vielleicht ein schlechter Gott, aber er ist gewiss ein ausgezeichneter Prophet. Leider ist nun aber, wie wir bereits festgestellt haben, das ganze Prophezeien umsonst, geht doch die Welt ihren Gang, ohne sich von den Verheißungen weder der Weisen noch der Scharlatane auch nur um ein Jota aus der Bahn werfen zu lassen. Auch wäre ein guter Gott sicher nützlicher gewesen als ein guter Prophet, aber das kann man sich nicht aussuchen.

Und doch: angesichts der Tatsache, dass er ja wusste,

wie alles kommen würde, und er es wahrscheinlich auch so und nicht anders gewollt hatte, wäre es da nicht besser gewesen, er hätte seine Prophezeiungen für sich behalten? Musste er seinen Auserwählten unbedingt die Ankunft im gelobten Land und die kurze Schonfrist, die er ihnen zugestand, verleiden? Verstehen kann man die Propheten natürlich schon: wie alle, die im Besitz eines Wissens sind, über das andere nicht verfügen, fällt es ihnen schwer, ihr Geheimnis für sich zu behalten.

Der Herr sagte also den Israeliten voraus, dass sie sich bald völlig unvorschriftsmäßig benehmen und von ihm dementsprechend bestraft würden. Mose, der noch nie die geringste Sünde auf sich geladen hatte, wenn man einmal davon absieht, dass er seinem Zauberstab nicht recht vertraute und ihn vorsichtshalber lieber zweimal als einmal an den Felsen schlug, Mose wurde zuerst bestraft, indem Gott seinem frommen Leben ein Ende setzte. Er war der Letzte, der noch mit Gott von Angesicht zu Angesicht hatte reden dürfen; seit er starb, legte der Schöpfer immer mehr Abstand zwischen sich und die Menschen, bis er am Ende gar kein Lebenszeichen mehr von sich gab.

Das Buch Josua

Der Durchzug durch den Jordan

Seht ihr das Land, das sich da vor euren Augen erstreckt, auf der anderen Seite des Jordan? Es ist eures, ich gebe es euch, erklärte der Allmächtige.

Wer wäre unter diesen Umständen der Eroberung fremder Länder abgeneigt?

Josua, dem Nachfolger Moses, war es aber unangenehm, einfach als Sieger in Kanaan einzuziehen, ohne auch nur die kleinste List oder Gewalt angewendet zu haben. Er schickte zwei Spione mit dem Auftrag nach Jericho, sich im gelobten Land ein wenig umzuschauen und die Temperatur dort zu messen. Die Spione machten sich als erstes daran, die Temperatur der örtlichen Prostituierten Rahab zu messen, und die war recht hoch.

Rahab hatte gehört, dass sich beim Anmarsch des auserwählten Volkes sogar das Meer freundlich geöffnet hatte, und sie beschloss, es ihm nachzutun. Sie verköstigte und verwöhnte die beiden Männer und bot ihnen freie Unterkunft; die künftigen Eroberer sollten sich über ihre Gastfreundschaft nicht zu beklagen haben. Die Spione waren von diesem Empfang so eingenommen, dass sie darüber das Spionieren ganz vergaßen. Irgendwann mussten sie aber umkehren und Josua über den Erfolg der Expedition Bericht erstatten.

Die zwei Spione haben wahrscheinlich den Jordan in einem Kahn durchquert. Um auch ihre Landsmänner trockenen Fußes ans andere Ufer zu geleiten, war dem Herrn kein Aufwand zu viel; abermals spaltete er die Gewässer und baute dem Fluss eine unsichtbare Staumauer, was in der flussaufwärts gelegenen Stadt Adam zu Überschwemmungen führte. Kaum waren die Weitgereisten im verheißenen Land angekommen, so wartete schon eine neue Prüfung auf sie: Gott befahl Josua, alle Israeliten auf den Hügel der Vorhäute zu führen und sie dort ein zweites Mal zu beschneiden. Für einen einzelnen Mann war das keine kleine Aufgabe; mehr als sechshunderttausend Vorhäute musste er mit seinem selbstgemachten Steinmesser kappen. Was blieb denn da noch übrig von den auserwählten Gliedern, nach all diesen chirurgischen Eingriffen?, fragen Sie sich vielleicht. Zur Beruhigung muss gesagt werden, dass es sich nicht um dieselben Glieder handelte. Die alten Glieder waren wegen mangelnder Gottesfurcht so gut wie alle in der Wüste umgekommen. Neue Glieder waren herangewachsen und ihre Besitzer mit, und es war höchste Zeit, ihnen ein Stück abzuschneiden.

Die Eroberung Jerichos

Die Einwohner Jerichos hatten sich in ihrer Stadt verbarrikadiert und warteten ab. Josua, auf der anderen Seite der Befestigungen, auch. Nach einer Weile kam er auf die Idee, den Kopf zu heben, und siehe da, der Anführer der göttlichen Heere stand vor ihm. Da Josua nicht wusste, mit wem er es zu tun hatte, fragte er ihn vorsichtshalber: Bist du auf unserer Seite oder auf der Seite unserer Feinde?

Nein, entgegnete die Erscheinung, womit dem armen Josua natürlich nicht viel weitergeholfen war. (Die Antwort beweist auf jeden Fall, falls es dieses Beweises noch bedürfte, dass die Militärkommandanten, seien sie nun in Gottes oder in menschlichem Dienst, selten zu den schlauesten Zeitgenossen gehören.) Schließlich lüftete sich das Geheimnis, und die zur Eroberung nötigen Befehle wurden erteilt. Alle Krieger sollten dreizehnmal um die Stadt herumlaufen, und zwar sechs Tage lang einmal und am siebten Tag siebenmal. Danach sollten sie alle laut losschreien, und der Herr würde schon bis auf das Abschlachten der Männer, Frauen, Kinder, Greise, Rinder, Schafe und Esel alles Weitere besorgen.

Aber die Stadt war kaum eingenommen, da zog das

Volk Israel erneut den Zorn Gottes auf sich, als sei es der Blitzableiter der Menschheit. Einer von ihnen hatte einen Teil der Beute für sich abgezweigt, statt alles zu verbrennen oder dem Herrn zukommen zu lassen. Das ließ der Allmächtige aber nicht mit sich machen. Der heilige Krieg ist ein Tauschgeschäft: Gott gewährt den Menschen seine militärische Unterstützung, aber dafür gehört die Ausbeute ihm.

Der Mann, der versucht hatte, diese Regelung zu umgehen und von den Reichtümern Jerichos für sich etwas abzuknapsen, wurde streng bestraft; er und seine Familie wurden der Überlieferung zufolge verbrannt und gesteinigt, und zwar wahrscheinlich in umgekehrter Reihenfolge. Die sich nichts Verbotenes vorzuwerfen hatten, wurden ebenso streng bestraft. Dreitausend unter ihnen ließ Gott von den Aiern (den Einwohnern von Ai) ermorden. Und dabei hatte das heilige Gemetzel gerade erst begonnen.

Josuas Ende

Bald hatten alle Stämme von ihrem Land Besitz ergriffen. Ihr habt euch gut betragen, seit einiger Zeit, sagte Josua zu ihnen. Lasst euch nicht vom rechten Weg abbringen, liebet Gott und eure Brüder.

Kaum hatte er ausgeredet, da brachen die Israeliten untereinander einen Streit vom Zaun, unter dem Vorwand, dass einige von ihnen einen Altar errichtet hatten, wo keiner hingehörte.

Es soll auf jeder Seite des Jordan ein Altar stehen, forderten die Altarbauer. Auf unserer Seite stand keiner, und das war ungerecht.

Ein Krieg wegen des Altars konnte in letzter Minute gerade noch verhindert werden, aber für wie lange? Wie schon Mose vor ihm, hielt Josua kurz vor seinem Tod den Israeliten noch eine Moralpredigt, was nicht viel bewirken sollte, aber der herannahende Tod verlangt nun einmal ein paar erbauende Worte und weigert sich einzutreten, bevor sie nicht gesprochen sind.

Mit Gottes Hilfe habt ihr die vor euch hier ansässigen Völker ausgemerzt, lobte er sie. Wenn ihr nicht selber ausgemerzt werden wollt, so bleibt unter euch und verkehrt nicht mit den wenigen Eingeborenen, die noch

77

am Leben sind. Wollt ihr eurem Gott dienen oder ihrem? Das müsst ihr jetzt ein für alle Mal entscheiden.

Wir wollen dem Gott dienen, der uns das Land aus Milch und Honig gegeben hat, antworteten die Israeliten einstimmig.

Ihr habt euch für den einzigen Gott entschieden, der es gut mit euch meint. Das ist schön. Ich nehme euch zum Zeugen gegen euch selbst, dass ihr ihn und keinen anderen gewählt habt, und auch diesen Stein hier nehme ich zum Zeugen, er hat alles mitgehört.

Auf diese Worte hin gab Josua dem Schöpfer die Seele wieder zurück, die dieser ihm für hundertzehn Jahre geliehen hatte. Du wärest besser noch ein wenig am Leben geblieben, sagte der Herr. Dein Volk wird dich schnell vergessen haben, und mich ebenso.

Das Buch der Richter

Die »großen Richter«

Der Herr hatte recht. Wie hätte er auch unrecht haben können? Gott ist jemand, der recht hat auf alle Ewigkeit, und das ist es auch, was einem an ihm manchmal ein ganz klein wenig auf die Nerven gehen kann. Wenn er schon alles früher und besser als die anderen weiß und die Zukunft ihm ein Gräuel ist, weil wir sie ihm auf Jahrtausende hinaus mit unseren Untaten zugestellt haben, warum unternimmt er dann nichts, aber auch nicht das Geringste, um den Dingen eine andere, für alle Seiten angenehmere Wendung zu geben? In seiner Macht stünde es allemal, was stünde nicht darin?

Sobald Josua gestorben war, lief das Volk Israel geschlossen Baal und Astarte, den Nebenbuhlern Gottes, in die Arme. (Dass auch die Götter noch dem Konkurrenzkampf unterliegen, ist wirklich entmutigend.) Wie gewöhnlich reagierte der Allmächtige mit einem Wechselbad aus Bestrafungen und Versprechen. Bald schickte er ihnen fremde Unterdrücker, bald Retter, die sie von den Unterdrückern wieder befreiten.

Der erste Retter hieß Otniel; er befreite sie von dem König von Aram. Der zweite Retter, Ehud, war Linkshänder und hatte es mit einem fettleibigen Tyrannen namens Eglon zu tun. Er ging zu ihm hin und rief: Ich überbringe dir eine Nachricht Gottes! Daraufhin stieß er ihm mit der linken Hand seinen Dolch in den Bauch, doch der war so umfangreich, dass der Dolch mitsamt Heft darin verschwand. Ehud konnte seine Hand gerade noch rechtzeitig wegziehen, bevor sie von dem fetten Tyrannenwanst mit verschluckt wurde. Dann lief er weg. Die Diener des Tyrannen standen währenddessen vor verschlossener Tür und glaubten ihren Herrn mit seiner Notdurft beschäftigt. An die königliche Verstopfung gewöhnt, warteten sie und warteten, aber es rührte sich nichts. Als sie schließlich die Tür öffneten, mussten sie feststellen, dass Eglon sich wahrscheinlich von seiner Magenverstimmung nicht wieder erholen würde.

Der nächste Tyrann wurde von zwei Frauen besiegt, nämlich von Debora, der Prophetin, und von der gastlichen Jael, die den königlichen Feldherrn Sisera in ihr Zelt bat. Hab keine Angst, flüsterte sie ihm zu, ich will dich bewirten und bewachen. Ruh dich nur aus. Vertrauensvoll überließ sich Sisera dem Schlaf. Da ergriff Jael einen Hammer und einen Zeltpflock und nagelte Sisera mit dem Kopf an den Boden, so wie der Lepidopterologe den Schmetterling auf ein Brett spießt. Gepriesen sei Jael unter den Frauen, ertönte das Loblied bald: Er bat um Wasser, sie brachte ihm Milch und Sahne. Sie zermalmte sein Haupt und durchbohrte ihm die Schläfe. Gepriesen sei Jael!

Unterstützt von ihrem gütigen Herrn und ihren sanften Frauen, triumphierten die Israeliten auch diesmal über ihre Gegner. Wie nach jedem Sieg begannen sie für eine Weile wieder, ihrem Gott zu huldigen, bis sie erneut von Zweifeln ergriffen wurden. Dann fing alles von vorne an, neue Unterdrücker rückten an zu ihrer Bestrafung und neue Retter zu ihrer Rettung, und ein Ende dieses Gotteskreises war nicht in Sicht.

Was Gott bei diesen Rettungsaktionen am meisten gefiel, war seine eigene Unentbehrlichkeit. Die galt es möglichst zu unterstreichen, damit die Auserwählten bloß nicht auf den Gedanken kämen, sie könnten vielleicht auch ohne ihn auskommen. In der Schlacht gegen die Midianiter bestand der Allmächtige darauf, dass von dreißigtausend israelitischen Kriegern nur dreihundert kämpften, um auch noch dem letzten Zweifler klar zu machen, dass der Sieg allein Gott und keineswegs der eigenen Tapferkeit zu verdanken war. Aber nach welchen Kriterien sollten die dreihundert Soldaten ausgesucht werden, die zumindest als Statisten ja für den Krieg benötigt wurden? Besonders stark oder schlau brauchten sie nicht zu sein, würde doch der Sieg nicht von ihnen, sondern von Gott errungen werden. Trotzdem mussten nun, auf welche Weise auch immer, dreihundert von ihnen ausgewählt werden. Da dem Herrn nichts Besseres einfiel, schlug er Folgendes vor: Gideon, in der Rolle des von Gott geschickten Retters, sollte alle Männer zum Trinken an das Flussufer führen. Diejenigen unter ihnen, die das Wasser wie Hunde mit der Zunge aufschleckten, mussten in die Schlacht ziehen, die Männer mit zivilisierteren Trinkmanieren aber durften wieder nach Hause gehen und sich freuen, dass der heilige Krieg sie entbehren konnte. Die Gefahr, der sie gerade entronnen waren, war so groß allerdings nicht. Der heilige Krieg war schnell abgewickelt. Die Heldentaten der dreihundert Wasserschlecker beschränkten sich auf das Zerschmettern leerer Krüge und das Blasen in Widderhörner, denn als die gegnerischen Truppen (135 000 Mann) den Radau vernahmen, brachten sie sich unverzüglich gegenseitig um. Wenn es gar nicht erst zum Kampf kommt und die Feinde sich vor Schreck selbst entleiben, dann hat zweifellos der heilige Krieg seine höchste Form erreicht. Auch für einen unheiligen Krieg kann man sich eigentlich keinen besseren Ausgang erträumen.

Die »kleinen Richter«

Unter den kleinen Richtern bzw. Königen ging es den Israeliten nicht viel anders als unter den großen. Sie vergaßen rasch, was sie ihrem Herrn verdankten, und wandten sich diversen anderen Gottheiten zu. Frevel-Strafe-Reue-Vergebung, so ging es ohne Ende fort. Irgendwann war Gott die Monotonie der menschlichen Geschichte derart leid, dass er verkündete: Ich werde euch nicht mehr beistehen, wenn ihr das nächste Mal nach mir ruft. Ihr betet andere Götter an: sollen die euch weiterhelfen. Aber jedes Mal ließ er sich von den Klagen seiner Schützlinge wieder erweichen.

Das Volk Israel hatte sich gerade von seinen jüngsten Unterdrückern, den Ammonitern, befreit, da wachten die Leute aus Efraim auf und beschwerten sich bitter, weil man sie vergessen hatte und sie nicht hatten mitkämpfen dürfen gegen die Fremdherrschaft. In dem Bruderkrieg, der nun ausbrach, war zunächst die Verwirrung groß, denn die Soldaten aus Efraim waren von den restlichen Israeliten nicht zu unterscheiden. Schließlich kam man auf eine rettende Idee: statt wild draufloszudreschen, forderte man jeden Krieger, der einem in der Schlacht gegenüberstand, erst einmal auf, »Schibbo-

85

let« zu sagen (Kornähre auf deutsch). Man muss nämlich wissen, dass die Leute aus Efraim Schibbolet nicht
Schibbolet, sondern Sibbolet aussprachen, ein Sprach-
fehler, der möglicherweise ihr besonderer Charme,
ganz gewiss aber ihre Achillesferse war, denn mit seiner
Hilfe konnten vierundvierzigtausend von ihnen iden-
tifiziert und getötet werden.

Simson und Delila

In jenen gesegneten Zeiten gab es noch keine Sterilität bei Männern, dafür gab es sie allerdings umso mehr bei Frauen. Wenn ein Paar keine Kinder zeugte, war die Frau daran schuld. Überhaupt werden ja seit der ersten kleinen Urdummheit alle nur denkbaren Fehler und Mängel der Frau zugeschoben, als hätte der Allmächtige das Weib nur deshalb geschaffen, damit der Mann jemanden hat, dem er seine unzähligen Sünden aufladen kann.

Die zukünftige Mutter Simsons, die bis dahin steril wie ein Spazierstock gewesen war, saß gemütlich vor ihrem Zelt, als ein Herr auf sie zutrat, der durchaus nicht wie ein x-beliebiger Herr aussah, und in der Tat war es kein x-beliebiger Herr, sondern ein Engel, der auf die Erde herabgeflogen war, um ihr eine alkoholfreie Diät zu verschreiben und ihr die Geburt eines Knaben anzukündigen. Die zukünftige Mutter Simsons lief schnell, ihren Mann zu holen. Wie heißt du? fragte der Mann den Engel. Ich habe einen wunderbaren Namen, entgegnete der Engel, aber ich verrate ihn dir nicht, und er hüpfte in ein Feuerchen und stieg mit der heißen Luft nach oben.

Kurz darauf wurde Simson geboren. Zum großen Leidwesen seiner Eltern war Simson schon früh ein Schürzenjäger, wie er im Buche Richter 13 – 16 steht. Zuerst vernarrte er sich in eine Ausländerin. Konntest du dir nicht eine von unseren Frauen aussuchen?, fragte sein Vater. Musste es denn unbedingt eine Philisterin sein (die Philister waren gerade die Herrscher im gelobten Land)? Simsons Vater konnte nicht wissen, dass Gott hinter dieser jungen Liebe steckte. Er war es, der die beiden jungen Leute zusammengeführt hatte, wenn auch nicht im Sinne der Völkerverständigung, sondern weil er Zwietracht stiften wollte zwischen seinen Auserwählten und den Philistern.

Simson heiratete das Mädchen also entgegen dem Willen seiner Eltern, dafür aber mit Gottes Segen. Den dreißig Philistern, die den Feierlichkeiten beiwohnten, gab Simson ein unlösbares Rätsel auf (wer konnte schon ahnen, dass Simson kurz zuvor einen Löwen getötet und dass sich später in dem Löwenkadaver ein Bienenschwarm eingenistet hatte?). Statt seine Hochzeitsgäste zu überlisten, wurde er aber dann selbst überlistet, und zwar von seiner Braut, die ihm des Rätsels Lösung entlockte und an ihre Landsleute verriet. Simson war ein guter Raubtier- und Schürzenjäger, aber ein schlechter Verlierer: aus Rache für die erlittene Schmach tötete er dreißig Philister (nicht etwa die, die das Rätsel gelöst hatten, sondern die ersten Besten) und zog wieder zu seinen Eltern, was der Brautführer ausnützte, um die Braut nicht nur zu fühlen, sondern auch zu ehelichen.

Als Simson nun in das Philisterdorf zurückkehrte, um von seinem weiblichen Eigentum wieder Besitz zu ergreifen (er besaß tatsächlich diese Dreistigkeit, nachdem er dreißig Personen erschlagen und seine Frau sitzen gelassen hatte), musste er feststellen, dass dieses nicht auf ihn gewartet hatte. Nimm es nicht so tragisch, beschwichtigte ihn der Vater der Braut, und bot ihm stattdessen seine jüngere Tochter an: Die ist ohnehin hübscher. Aber Simson nahm es tragisch, wie er überhaupt alles tragisch nahm, und vor Wut steckte er alle Felder der Philister in Brand. Statt den Übeltäter zur Rechenschaft zu ziehen, steckten die Philister nun ihrerseits die Braut und ihren Vater in Brand, die in ihren Augen an dem ganzen Unglück schuld waren. Aber auch das nahm Simson tragisch. Empfindlich wie er war und mit starkem Hang zum Verfolgungswahn, betrachtete er diesen Doppelmord als eine persönliche Beleidigung. Gott bestärkte ihn in seiner Paranoia und stichelte ihn zum Kampf gegen die Philister an, und indem das Volk Israel und sein himmlischer Heerführer ihre ungleichen Kräfte vereinten, brachten sie ihrem Gegner eine furchtbare Niederlage bei.

Natürlich kam es für die Besiegten nicht in Frage, es bei dieser Niederlage zu belassen, schließlich waren sie ja die Herrscher im Land, und sie fragten sich entrüstet, mit welchem Recht man sie so schlecht behandelte (mit göttlichem Recht, wie wir heute wissen; das göttliche Recht entspricht in etwa dem, was wir auf Erden gewöhnlich Unrecht nennen). Also verlangten sie von den Israeliten, Simson auszuliefern, und die Israeliten, die eigentlich ohnehin den streitsüchtigen Löwen- und Menschenschreck lieber loswerden wollten, beeilten sich, ihn mit dicken Stricken zu fesseln und den Philistern zu übergeben. Diese Fesselung hatten sie aber ohne Gott gemacht, der innerhalb kürzester Zeit Simson wieder befreite und ihm einen Eselskiefer in die Hand drückte. Mit einem Eselskiefer habe ich sie verdroschen, mit einem Eselskiefer habe ich tausend Männer erschlagen, prahlte Simson bald, und das Schlimme war: es stimmte. Nach diesem Massaker gelüstete es ihn wieder nach einem Weib, und er spendierte sich ein Freudenmädchen in Gaza.

Und Delila? Delila wartete geduldig, bis sie an die Reihe kam. Delila war die Frau, an der Simson schließlich zugrunde gehen sollte, denn der Herr hatte seinen Schützling zwar mit übermenschlichen Kräften ausgestattet, wenn es darum ging, sich zu prügeln, mit Eselskiefern zu klappern oder Stadttore auszureißen, um sie auf Berggipfeln wieder abzusetzen, aber sobald er dem weiblichen Geschlecht gegenüberstand, war er völlig machtlos. Die Frauen konnten ihm jedes Geheimnis entlocken. Nicht, dass er das geringste Vertrauen in sie gesetzt hätte; er konnte ihnen einfach nicht widerstehen.

An dem Tag, an dem er Delila anvertraute, dass seine ganze Kraft in seinen sieben Zöpfen versammelt war, unterzeichnete Simson sein eigenes Todesurteil. Die sanfte Delila bettete seinen Kopf in ihren Schoß und wiegte ihn in den Schlaf, dann schnitt sie ihm seine sieben Zöpfe ab und übergab ihn seinen Feinden. Der Allmächtige hatte sich tatsächlich in Simsons Haarschopf eingenistet gehabt und nun, da die Haare weg waren, hatte er sich verflüchtigt. Das hätte eigentlich Simsons Ende sein sollen, war es aber nicht, denn seine Locken wuchsen ihm langsam nach und Gott mit ihnen, und er nutzte seine wiedergewonnenen Kräfte, um sich ein glorreiches Ende zu verschaffen und dreitausend der verhassten Philister mit in den Tod zu ziehen.

Seinem Tod mangelte es nicht an Größe oder zumindest nicht an Stärke. Ob Simson allerdings viel verstanden hat von dem, was ihm widerfahren war auf Erden, bleibt ungewiss. Ohne bestimmten Grund hatte er sein Leben damit zugebracht, Streit anzufachen, wo immer er konnte, und sich in verräterische Frauen zu verlieben, ohne zu wissen, dass Gott ihn in die Arme dieser falschen Schlangen geworfen hatte. Zu welchem Zweck? Auch das war Simson ein Rätsel, und zwar ein schweres als die, die er selbst aufzugeben pflegte. Er war von einer dunklen Macht bald in die eine, bald in die andere Richtung geschubst worden, und seine Streitsüchtigkeit hatte er womöglich noch für einen besonderen Charakterzug gehalten. In Wahrheit hatte sich jedoch der Schöpfer an seinen Schopf geklammert und ihm jeden eigenen Willen genommen mit dem Ziel, Zwietracht zu säen zwischen dem Volk Israel und dessen Unterdrückern (die er ihm vorher selbst geschickt hatte). Gott hatte ihm die Kraft verliehen, zu töten, und Simson hatte getötet. Gott hatte ihm die Schwäche verliehen, zu lieben, und Simson hatte geliebt. Diese Ausnutzung ihrer Person zu fragwürdigen Zwecken nennen die Menschen Freiheit.

Das Verbrechen von Gibea

Nun kam eine königlose Zeit, in der jeder tat, was er für richtig hielt, also meistens das Falsche. Ein Levit, ein Priester also, bereiste das Land, zusammen mit zwei Eseln, einem Diener und seiner Frau. Als die Sonne unterging, machten sie in der Stadt Gibea halt, um dort zu übernachten, aber wie sich herausstellen sollte, war die örtliche Bevölkerung nicht die gastlichste. Der Levit wollte gerade die Hoffnung auf ein Dach über dem Kopf aufgeben, da erschien ein alter Mann und erklärte sich bereit, die Reisenden zu beherbergen.

Nun waren die Einwohner von Gibea aber nicht nur ungastlich, sondern auch unartig. Sie donnerten an die Tür des Hauses, in dem der Levit Unterkunft gefunden hatte, und schrien dem alten Mann zu: Gib uns deinen Gast heraus, wir wollen ihn kennenlernen (sprich vergewaltigen). Dem alten Mann schauderte es vor Entsetzen. Um nichts auf der Welt hätte er jemandem erlaubt, mit seinem Gast auf derart abrupte Weise Bekanntschaft zu machen. Ich überlasse euch meine jungfräuliche Tochter, rief er nach draußen. Die könnt ihr missbrauchen, so oft ihr wollt, wenn ihr nur nicht meinen lieben Gast anrührt (soweit ging die Gastfreundschaft in jenen gebenedeiten Tagen noch).

Aber die Männer wollten von seiner Tochter nichts wissen, Jungfrauen konnten sie haufenweise bekommen, was sie interessierte, das war der Priester. Dieser schickte seine Frau hinaus und verriegelte schnell wieder hinter ihr die Tür. Während er den Schlaf des Gerechten schlief, wurde seine Frau die ganze Nacht hindurch von der wilden Männerhorde misshandelt und missbraucht und im Morgengrauen halbtot auf der Türschwelle liegen gelassen, wo sie ihr Mann am nächsten Morgen fand.

Steh auf, herrschte er sie an. Wir wollen gehen!

Keine Antwort. Sie wird tot sein, folgerte der Gottesmann, und er lud sie auf einen seiner Esel und reiste heim. Zu Hause angekommen, nahm er ein großes Messer und schnitt seine Frau in zwölf Teile, Kopf, Arme, Beine und sieben Scheiben Rumpf, oder wie auch immer er sich die Sache einteilte. Die verschiedenen Stücke verschickte er in alle Gegenden Israels, zusammen mit einem Briefchen: Hat man dergleichen schon einmal gesehen, seit wir aus Ägypten weggezogen sind?

Die Israeliten hatten noch nichts dergleichen gesehen und hätten sich diesen Anblick auch lieber erspart, aber wenn man Post bekommt, dann macht man das Paket auch auf. Einmütig zogen sie – gegen den barbarischen Leichenverstümmeler, könnte man denken, um ihn unschädlich zu machen, ihn lebenslang ins Gefängnis zu setzen oder ihm den Hals abzuschneiden, aber nein. Vierhunderttausend Krieger marschierten auf und demonstrierten ihre bedingungslose Solidarität mit dem sadistischen Leviten, dessen Ehre verletzt worden war, indem sie sich über die Einwohner der Stadt Gibea hermachten und sie mit Gottes Hilfe fast gänzlich niedermetzelten. Auch die Frauen wurden schonungslos massakriert, aber das hatten sie sich ja selbst zuzuschreiben, und im Grunde gefällt es ihnen ja, auch wenn sie es nie zugeben würden. Und was ihnen am meisten gefällt, ist, hinterher in kleine Stücke gehackt zu werden. Das ist für sie das Gelbe vom Ei.

Das Buch Ruth

Ruth und Noomi

So groß sind die Barmherzigkeit und die Güte des
Herrn, dass er manchmal, unter außergewöhnlichen
Umständen, auch nichtauserwählte Völker davon pro-
fitieren lässt. Ab und an – aber das kommt wirklich
nur äußerst selten vor – breitet er seine schützenden
Arme sogar über Ausländerinnen aus, wie es bei Ruth,
der Moabiterin, geschah.

Wie alle Moabiter glaubte Ruth fest an den Gott Ke-
mosch, bis ihre Zuneigung für ihre israelitische Schwiegermutter Noomi über ihre Zuneigung zu dem Gott Ke-
mosch siegte und sie zum jüdischen Glauben übertrat.
Der Allmächtige schrieb diese Bekehrung auf sein eigenes Konto, was zeigt, dass Selbstgefälligkeit nicht den
Sterblichen vorbehalten ist. Die Wahrheit ist, dass Ruth
mehr als alle Götter ihre Schwiegermutter Noomi anbe-
tete, so inniglich, dass sie ihr sogar einen Sohn schenkte, besser gesagt, ihr den eigenen Sohn überließ, und
so kam es, dass Noomi fälschlicherweise als Urahnin
Davids, und damit Jesu, in die Geschichte einging. In
Wirklichkeit war Jesus der Ururururururururururur-
urururururururururururururururururururenkel der an-
hänglichen Ruth, die ihrer Schwiegermutter einen der-

99

artigen Kult widmete, dass sie sich völlig in ihren Schatten stellte. Wie viele wissen heute schon noch, dass Jesus von einer Moabiterin abstammte?

Das erste Buch Samuel

Samuels Kindheit

Geh und schlaf deinen Rausch aus, herrschte der Priester Eli die unglückliche Hanna an, die gerade, in ein inniges Gebet versunken, Gott um Fruchtbarkeit anflehte. Weil sie undeutlich vor sich hin murmelte, wie Betende das zu tun pflegen, hatte Eli sie für eine Säuferin gehalten, aber Hanna war so sanft und so traurig, dass sie keinen Anstoß nahm an seiner barschen Art. Gott hört glücklicherweise auch diejenigen, die in ihren Bart reden, und manchmal erhört er sie sogar. Es ist nicht ausgeschlossen, dass er sogar eine kleine Schwäche für die Brabbeler unter den Menschen hat. Jedenfalls gebar Hanna kurze Zeit später Samuel.

Samuel wuchs in dem Tempel von Schilo auf, bei Eli und seinen Söhnen, zwei kleinen Übeltätern, die nichts Besseres im Kopf hatten, als sich mit gestohlenem Opferfleisch den Bauch vollzuschlagen. Nun mag es Gott aber nicht, dass man auf seine Kosten Fett ansetzt. Er beschloss, die Familie Elis zu bestrafen, und der brave Samuel sollte zuerst davon erfahren. Samuel, Samuel!, rief Gott. Der Knabe, der die Stimme des Herrn noch nie gehört hatte, dachte, Eli hätte ihn gerufen. Hier bin ich!, antwortete er, sprang auf und lief an das Bett des

Priesters. Aber Eli hatte niemanden gerufen, höchstens ein wenig geschnarcht, und schickte ihn wieder schlafen.

Die Szene wiederholte sich dreimal. Jedesmal vergaß Gott dazuzusagen, dass er es war, der den kleinen Samuel rief. Manchen Erdbewohnern gleich, die am Telefon nicht ihren Namen nennen, sicher wie sie sind, dass ihre Stimme einzigartig und unter allen herauszuerkennen ist, zweifelte Gott nicht daran, dass seine Identität sich anderen Wesen aufdrängen müsse mit höchster Evidenz. Niemals hätte er sich eingestanden, dass er eine ganz ähnliche Stimme hatte wie Eli.

Schließlich merkte Samuel aber doch, aus welcher Ecke die Rufe kamen. Er hörte sich an, was Gott ihm mitzuteilen hatte, und schlief wieder ein. Am nächsten Morgen weckte ihn eine Stimme: Samuel, Samuel! Hier bin ich, antwortete er, überzeugt davon, Gott habe ihm etwas zu verkündigen vergessen, aber diesmal war es nur Eli, der wissen wollte, was der Herr von ihm gewollt hatte.

Gott möge dir dies und das antun, wenn du mir nicht Wort für Wort euer nächtliches Gespräch wiederholst, drohte ihm Eli. (Solange Gott keine präzisen Anweisungen hatte, griff er nicht ein, weshalb Verwünschungen absichtlich gerne vage gehalten wurden.)

Er hat mir gesagt, dass deine Sünden zu groß sind, als dass du für sie Sühne leisten könntest, beeilte sich Samuel zu antworten, und dass deine Familie für immer verflucht sein wird.

Er ist der Gott; soll er tun, was ihm gefällt, schloss Eli das Gespräch, umso ärgerlicher, als er sich ja nichts vorzuwerfen hatte, aber er tat gleichgültig, damit der Herr sich nicht an seinem Schrecken weiden könnte.

Die Bundeslade bei den Philistern

Bis heute wissen wir nicht, wo Gott im Himmel residiert, aber auf Erden haust oder thront er in einer Lade aus Akazienholz. Als sie den Israeliten die Lade stahlen, glaubten die Philister, ihnen ihren Gott gleich mit entwendet zu haben, doch sollten die Diebe bald merken, dass die göttlichen nicht zu den bequemsten Beutestücken zählen.

Sie stellten den neuen Gott neben einen der ihrigen – einen gewissen Dagon – in der naiven Hoffnung, die Herren würden sich über ein wenig Gesellschaft freuen. Gutes Einvernehmen ist aber unter Göttern nicht viel häufiger zu finden als unter Menschen. Als die Philister am nächsten Morgen in den Tempel traten, fanden sie Dagon, das Gesicht im Staub, am Boden liegen: Jahwe hatte ihn von seinem Sockel gestupst. Sie hoben ihn auf und stellten ihn wieder aufrecht hin. Am nächsten Tag hatte die Lage sich nicht gerade beruhigt: Jahwe hatte seinem Kollegen den Kopf und die Hände abgeschnitten, was auch bei Göttern selten ohne einen gewissen Autoritätsverlust vonstatten geht. Welches Volk möchte schon einen Rumpf anbeten?

Nachdem er seinen Rivalen bei Nacht von seinem

Postament gestoßen hatte, rächte sich der Herr an seinen Entführern, indem er sie mit Hämorrhoiden und anderen nicht weniger großen Übeln schlug. Ihre Städte waren bald von Ratten übersät und ihre Körper mit Geschwülsten. Unter diesen Bedingungen wurden die Philister bald ihrer göttlichen Beute überdrüssig und überlegten, wie sie diese am besten wieder loswerden könnten. Sie setzten Gott auf einen Wagen, spannten zwei stattliche Kühe davor und schickten ihn heim. Als Abschiedsgeschenk hatten sie goldene Ratten und Geschwülste geschmiedet und neben Gott auf den Wagen geladen. Flankiert von den zwei goldenen Plagen kehrte der Herr zu den Seinen zurück, die ihn auch sogleich erkannten und ihm freudig entgegenliefen. Das hätten sie allerdings besser nicht getan. Gott saß in seiner Lade und ärgerte sich, dass ihm jeder dahergelaufene Bauer ins Angesicht schauen konnte. Siebzig Männer erschlug er, weil sie die Augen nicht rechtzeitig geschlossen hatten, als er ihnen nahte. Wer zwei vor einen Karren gespannte Kühe in der Ferne erblickt, tut deshalb gut daran, so schnell wie möglich den Blick zu senken.

Samuel und Saul

Während Gott bei den Feinden weilte, hatten die Israeliten gemerkt, dass sie ganz gut ohne ihn auskommen konnten. So mancher hätte nichts dagegen gehabt, ihn den Philistern oder wem auch immer einfach zu überlassen. Im Grunde waren sie es leid, die verwöhnten Lieblinge Gottes zu sein. Sie glichen ein wenig einem Kind, dessen Vater Bundeskanzler ist und das alles dafür gäbe, diesen gegen einen Metzger oder einen Bankangestellten oder zur Not auch einen Universitätsprofessor einzutauschen.

Warum können wir nicht sein wie alle anderen?, fragten sie den alten Samuel. Wir hätten lieber einen König statt einen Gott! Der alte Samuel wusste nicht genau, was da zu antworten wäre, und er machte sich auf, den Herrn zu fragen. Ihr wollt sein wie alle anderen?, entgegnete dieser. Wie ihr wollt. Aber beschwert euch hinterher nicht bei mir, wenn die Monarchie zu schwer auf euren Schultern lastet. Und er versprach ihnen einen König mit Namen Saul.

Auf Gottes Befehl hin versammelte Samuel alle Israeliten, um unter ihnen einen König auszulosen. Zuerst loste man unter allen Stämmen, dann unter allen Sippen des Gewinnerstammes und schließlich unter allen Männern der Gewinnersippe. Fast der ganze Tag verging darüber. Natürlich hätte Gott auch gleich verkünden können, dass er Saul zum König Israels auserwählt hatte, aber es ist ihm angenehm, dass die Menschen sich mit allerlei Spielchen und Auslosungen die Zeit vertreiben und so das Gefühl haben, auch etwas zum Gang der Welt beizutragen.

Das Los fiel auf Saul. Doch wo war der künftige König hin verschwunden? Niemand hatte ihn gesehen. Man erkundigte sich bei Gott, der von seinem Posten aus eine unvergleichliche Sicht auf die Versammlung hatte: Du hast nicht vielleicht Saul irgendwo gesehen? Und der Herr entgegnete: Doch, ich sehe ihn genau, er hat sich zwischen eurem Gepäck versteckt. Daraufhin holte man Saul aus seinem Versteck und krönte ihn zum König.

Gott war auf die Laune seines Volkes eingegangen und hatte ihm einen König gegeben, ohne deswegen selbst zurückzutreten. Anstatt ihren Gott loszuwerden, hatten die Israeliten nun noch zusätzlich einen König zu ertragen. Das Beste wäre wohl gewesen, sie hätten sich eine Weile lang ganz ruhig verhalten und versucht, niemandem aufzufallen, aber gerade das wollte ihnen am wenigsten gelingen.

Die Anfänge der Regierung Sauls

Kaum hatte er Saul zum König gemacht, sann Gott schon nach einem Mittel, ihn wieder abzusetzen. Etwas störte ihn an diesem Mann, den er selbst unter Hunderttausenden auserwählt hatte. Aber was? Die Gründe seiner plötzlichen Abneigung sind heute nicht mehr nachzuvollziehen. Sicher ist, dass Saul ihm von einem Tag auf den anderen zuwider geworden war und dass er es unerträglich fand, ihn dort sitzen zu sehen, wo er ihn hingesetzt hatte. Da Saul sich als siegreicher Krieger und als untadeliger König erwies, blieb Gott nichts anderes übrig, als ihm Fehler anzudichten und geringfügige Irrtümer zu übertreiben, um ihn anschließend dafür bestrafen zu können. In Wirklichkeit hatte er schon einen anderen für die Stelle im Sinn, und Saul konnte sich so viel Mühe geben, wie er wollte.

David und Goliath

Der neue Günstling des Herrn war ein kleiner Rotschopf. Wahrscheinlich schämte sich der Allmächtige, dass er empfänglich gewesen war für Sauls außergewöhnliche Schönheit und hohe Statur. Jedenfalls fiel er ins andere Extrem, als er sich nun für den winzigen David entschied.

David tötete Goliath mit links, was nicht weiter erstaunlich ist, wenn man bedenkt, dass es mit Gottes Hilfe einem zweimonatigen Säugling mühelos gelänge, einen texanischen Massenmörder zur Strecke zu bringen, und einer Ameise, einen Elefanten zu zertrampeln. Gott benutzt mit Vorliebe die Schwachen, um seine eigene Macht zu demonstrieren. Solch ein gottgeliebter Schwacher kann auf sich selbst im Lebenskampf im Grunde ganz verzichten. (Falls ihm am Siegen nicht viel liegt, kann er natürlich auch auf Gott verzichten.)

Ohne Gott wäre der Mensch den Tieren gleich. Es gäbe weder böse noch gut, weder Sünde noch Gewissen. Der Mensch lebte in Ruhe und verschwendete seine Kräfte nicht an antwortlose Fragen. Aber Gott – was wäre er ohne uns Menschen? Ein armer Tropf. Er gliche einem König ohne Untertanen oder einem Politiker ohne Wähler. Warum unterwerfen wir uns jemandem, der so abhängig ist von uns?

David und Goliath wussten selbstverständlich nicht, dass das Schauspiel ihres Kampfes keinen anderen Zweck hatte als die Verherrlichung Gottes. Übrigens war es ihnen wahrscheinlich egal, manipuliert zu werden. Wie viele Krieger schlugen sie sich in grimmiger Gedankenlosigkeit, ohne lange nach Ursache und Wirkung zu fragen. David nistete einen Stein in das Hirn des Riesen, bevor er ihn kurzerhand enthauptete bzw. entsteinte. Es wurde ein gewaltiger Sieg, denn nun, da das Haupt des Kolosses gefallen war, hielt es die Häupter seiner Waffenbrüder auch nicht mehr lange an ihrem Platz. Die toten Philister wurden von David beschnitten, und als er zweihundert gegnerische Vorhäute angehäuft hatte, tauschte er sie ein gegen die Tochter des Königs. Unter einem Brautgeschenk hatte diese sich zwar etwas anderes vorgestellt, aber nach ihren Wünschen fragte keiner. Jahre später fiel ihr ein mit rotem Band umwundenes Kästchen in die Hände mit lauter verschrumpelten Vorhäuten darin, und sie erinnerte sich an die schönen Stunden ihrer Jugend.

David und Saul

Je mehr Köpfe und Schwänze David abschnitt, umso weniger konnte ihn der König ausstehen (König war immer noch Saul, der, grundlos von Gott verlassen, dem Wahn und der Streitsucht verfallen war). Er hätte den kleinen Aufsteiger gerne umgebracht, aber Gott war dagegen. Nun können aber unliebsame Personen nur beseitigt werden, wenn man Gott zuvor in seine Tasche gesteckt hat. Das hatte Saul erstens nicht bedacht, und zweitens wusste er den Herrn nicht zu nehmen. Gott steckte ja längst in der Tasche des Rotschopfes, und dort wollte er auch bleiben. David konnte sich alles erlauben, seine Sünden wurden entweder nicht bemerkt oder augenblicklich vergeben. Er flüchtete aus seinem Vaterland, verdingte sich bei dem König der Philister und war sogar nicht weit davon entfernt, an deren Seite gegen seine eigenen Landsleute zu kämpfen: Gott war zufrieden mit ihm.

Die leichten Siege waren David zu Kopfe gestiegen, und er beschloss, seinerseits König Israels zu werden. Dabei allein auf die Hilfe Gottes zu vertrauen schien ihm nun doch etwas unzureichend, also überhäufte er die Ältesten des Stammes Juda mit Geschenken. Man ist ja niemals vorsorglich genug. Kurze Zeit später fiel Saul in der Schlacht.

Das zweite Buch Samuel

David, König von Juda

Die Bemühungen Davids waren nicht umsonst gewesen. Kaum war Saul begraben, da erinnerte sich der Stamm Juda an Davids großzügige Gaben und salbte ihn zu seinem König. Ischbaal aber, Sauls Sohn und rechtmäßiger Erbe des Throns, herrschte über die restlichen Stämme Israels. Wie nicht anders zu erwarten, dauerte es nicht lange, bis ein Krieg ausbrach zwischen den beiden Rivalen.

Da die Älteren sich nicht darum drängten, für ihre machtbesessenen Herrscher ihre Haut zu riskieren, wählten sie je zwölf Jünglinge aus jedem Lager und befahlen ihnen, den Kampf unter sich und symbolisch für alle auszutragen. Jeder der vierundzwanzig Burschen ergriff daraufhin mit der einen Hand sein Gegenüber am Schopf, während er ihm mit der anderen Hand sein Schwert zwischen die Rippen rammte. Ein jeder schien seinen ganzen Ehrgeiz darein zu setzen, den Zuschauern ein Bild ebenso überflüssiger wie vollkommener Symmetrie zu bieten.

Die Alten waren unbeeindruckt und zudem bei der Lösung ihres Konflikts nicht weitergekommen. Die vierundzwanzig Jünglinge waren tot, ohne dass ein Sieger

zu erkennen gewesen wäre. Statt aus diesem Unentschieden zu schließen, dass man sich unter Brüdern besser nicht niedermetzelt, sondern in Frieden und Ein-
tracht miteinander lebt, stürzten sie sich in eine blutige
Schlacht, aus der beide Seiten als Verlierer hervorgingen.
Israel hatte weiterhin zwei Könige, von denen jeder die
absolute Herrschaft anstrebte – bis zu dem Tage, an dem
Ischbaal von zwei Verschwörern getötet wurde.

David, König von Juda und Israel

Der Rotschopf wurde nun, da alle Rivalen beseitigt waren, zum König über ganz Israel. Seine erste offizielle Handlung war die Eroberung Jerusalems. Die Einwohner des Ortes machten ihm die Sache leicht. Sie wähnten sich hinter den dicken Mauern ihrer Burg derart in Sicherheit, dass sie zu deren Verteidigung nur ein paar Blinde und Invaliden schickten, während die jungen und kräftigen Männer beim Würfelspiel saßen oder Siesta hielten. Was sie nicht wissen konnten, war, dass David die Blinden und Verkrüppelten aus tiefster Seele verhasst waren und dass allein schon ihr Anblick ihn zur Weißglut bringen konnte. Es gab keine Überlebenden. (Jesus, der ebenfalls keine Krüppel in seiner Nähe ertrug, ersann später ein anderes Mittel, um sie aus den Augen zu haben: er heilte sie.)

Der Frieden war gerade erst wieder eingekehrt, da brach zwischen den Israeliten und den Philistern ein neuer Krieg aus. David, der zwar kein großer Stratege war, dafür aber in der Gunst des Herrn stand, erkundigte sich bei diesem, welche Taktik am besten anzuwenden wäre. Gott empfahl ihm, die gegnerischen Truppen zu umgehen, sich in einem Wäldchen zu verstecken und erst herauszukommen, wenn er in den Baumwipfeln die Schritte seines Herrn höre, der ihm, von Ast zu Ast sich schwingend, das Zeichen zum Aufbruch geben werde. David gehorchte und gewann die Schlacht.

Nun galt es, die Lade Gottes von dem Hügel abzuholen, auf dem sie seit Jahren stand, und sie nach Jerusalem zu transportieren, damit der König und der Gott Israels nicht an zwei verschiedenen Orten residierten. Man lud den Thron mitsamt dem Herrn erneut auf einen von Rindern gezogenen Karren. Zwei junge Männer, Usa und Achjo, gingen nebenher und führten den Tross an. Auf halber Strecke aber geschah es, dass die Rinder – die ja noch nie im Ruf standen, besonders behutsame Möbeltransporteure zu sein – ihren Gott fast vom Wagen geworfen hätten, wäre Usa nicht rechtzeitig herbeigesprungen, um ihn festzuhalten. Der Unglückselige sollte seine Fürsorglichkeit teuer bezahlen: Gott erschlug ihn an Ort und Stelle, denn seinen Schöpfer am Schopf zu packen, sei es auch nur, um zu verhindern, dass er auf die Nase fällt, ist strengstens verboten. Dabei hatte Usa bloß aus Reflex gehandelt; wer jemanden neben sich bedrohlich schwanken oder stolpern sieht, streckt die Hand aus, um ihn wieder ins Gleichgewicht zu bringen. Gott kümmert sich jedoch wenig um die Reflexe und die guten Absichten seiner Geschöpfe und straft jede unbedachte Geste mit eiserner Strenge.

Unser Retter hat seinen Retter getötet! rief David bestürzt, und er war böse mit dem Herrn und stellte ihn drei Monate lang an einem dunklen Ort ab. Schließlich konnte er nicht länger an sich halten und holte ihn wieder ab, um ihn mit großem Gefolge nach Jerusalem zu geleiten. Singend hüpfte David dem Zug voraus und vollzog tausend Bocksprünge zu Gottes Ehren. Sauls Tochter Michal aber, die gerade am Fenster saß, als die Gesellschaft in die Stadt einzog, fand es eines Königs unwürdig, halbnackt im Sand herumzurennen und mit den Hüften zu wackeln, und sie schimpfte ihn einen lächerlichen Halbwilden.

Einige Zeit darauf kam David mit Schrecken zu Bewusstsein, dass er Gott und seine Lade in einem einfachen Zelt untergebracht hatte, während er sich selber einen Palast aus Zedernholz hatte errichten lassen. Sorge dich nicht, ließ ihm Gott durch den Mund des Propheten Natan sagen. Ich habe mein ganzes Leben lang im Freien gehaust und immer das Beste daraus gemacht (angefangen mit Himmel und Erde). Leichte Konstruktionen passen besser zu meinem unstofflichen Wesen als Stein oder Holz. Nicht du sollst mir, sondern ich will dir ein schönes Haus bauen (und wenn Gott Haus sagt, dann meistens metonymisch, d. h., er meint nicht Haus, sondern Kinder, unzählige, die das Haus einmal füllen sollen. Hätte er Kinder gesagt, so hätten die mittlerweile an die göttlichen Stilmittel gewohnten Erdbewohner wahrscheinlich angenommen, er habe nicht Kinder, sondern etwa Blutkörperchen gemeint.).

Die Geburt Salomos

Davids Soldaten schlugen nun die Ammoniter und die Aramäer tot, ihr König David indessen hauptsächlich die Zeit. Er schwängerte die schöne Batseba und schickte ihren Mann ins schlimmste Kriegsgetümmel, wo er auch planmäßig und pünktlich zu Tode kam, so dass David die junge Witwe ehelichen konnte.

Dieser Mensch ist ein Halunke, höre ich Sie aus Ihren Lesesesseln und Straßenbahnsitzen rufen, er ist schuldig des Mordes und des Ehebruchs und regiert weiter über das Volk Gottes, als sei er der rechtschaffenste Mann der Welt! Kann das sein? Es kann sein. Doch war Gott nicht sehr zufrieden mit ihm und nahm ihm seinen ersten Sohn. Ab dem zweiten jedoch waren alle Fehltritte vergessen und vergeben, denn David hatte die glückliche Idee, seinen Zweitgeborenen auf den Namen Salomo zu taufen. Salomo aber war der Name seines Nachfolgers auf dem Thron Israels, und Gott musste ihn wohl oder übel am Leben lassen, wenn er nicht die ganze Geschichte des auserwählten Volkes neu erfinden wollte.

Die Geschichte von *Abschalom*

Auf Salomo folgten weitere Nachkömmlinge, von denen keiner ein Ausbund an Tugend war. Abschalom ließ seinen Bruder Amnon töten und trachtete seinem Vater David nach dem Leben, aber mehr als Brudermord und Ödipuskomplex lastete sein Kopfhaar auf ihm. Es wuchs so dicht und schwer, dass er sich einmal im Jahr den Schädel kahl rasieren ließ, wobei sich jedesmal ein gutes Kilo filziger Wolle von seinem Eigentümer löste. In der ersten Zeit nach der Enthaarung glaubte Abschalom, vom Boden abzuheben, so leicht fühlte er sich, und die Muskeln seines Stiernackens bildeten sich zurück, aber seine bleierne Mähne legte ihn bald wieder ins Joch der Schwerkraft.

In einem dieser auf die Schädelrasur folgenden Momente der Euphorie geschah es wohl, dass Abschalom den Beschluss fasste, seinen Vater vom Thron zu jagen und sich selbst darauf zu setzen. David blieb nichts anderes übrig, als seine Koffer zu packen und den Jordan in Richtung ungelobtes Land zu überqueren. Seinen Harem hätte er allerdings besser mit eingepackt, denn kaum hatte es sich Abschalom im königlichen Palast gemütlich gemacht, gelüstete es ihn auch schon danach, mit den zehn Konkubinen seines Vaters zu schlafen. Damit die ganze Stadt an dieser Orgie teilhaben könnte, ließ Abschalom das Bett auf die Terrasse tragen. So viel zur Schau getragene Potenz beeindruckte mehr als einen Jerusalemer, und das Volk lief zu Tausenden zu dem neuen König über.

(Zu dieser Zeit ungefähr kam es zum einzigen echten Suizid in der Geschichte Israels. Der Selbstmörder, ein gewisser Ahitofel, war eine eher unbedeutende Figur, gelangte aber seiner Verzweiflungstat wegen in verschiedenen kritischen Ausgaben zu einer Fußnote.)

Als die Truppen Abschaloms im Wald Efraim auf die davidische Armee stießen, ergriffen die Bäume Partei. Abschalom ritt unter einer Eiche her, als diese eine Astgabel zückte und den Kopf des stolzen Reiters darin einklemmte. Während der mit den Beinen in der Luft zappelte und die unerbittliche Umklammerung seines vegetabilen Gegners über sich ergehen ließ, trottete sein Maultier alleine weiter. Abschalom aber strampelte, bis man ihn aus seiner misslichen Lage und bei dieser Gelegenheit auch gleich von seiner sündigen Existenz erlösen kam.

Ein Neger wurde geschickt, David die Neuigkeit vom Tode seines Sohns zu überbringen. (Damit man schon von weitem erkennen konnte, um welche Art Nachricht es sich handelte, und Zeit hatte, sich darauf einzustellen, wurden in diesen weit entfernten Zeiten die schlechten Neuigkeiten von schwarzen und die guten von weißen

Boten überbracht, eine Regel, die seitdem in Vergessenheit geraten ist. Nur die Katzen halten noch immer an diesem archaischen Brauch fest.) David weinte lange um den schlechtesten und behaartesten seiner Söhne; dann schlug er den Heimweg ein.

Das erste Buch der Könige

Die Thronfolge Davids

Mit zunehmendem Alter wurde David immer verfrorener. Die Decken, die man auf seinem abgemagerten Körper aufschichtete, wärmten ihn nicht mehr. Mit lieben Worten versuchte man es erst gar nicht. Die Todesfinsternis hatte ihm einen eisigen Wind entgegengeschickt, und den König fröstelte es ohne Unterlass. Da baute man die wollenen Deckenberge wieder ab und legte stattdessen ein schönes junges Mädchen auf den kalten Königsbauch. Durch die Berührung mit der hübschen Jungfrau schnellte die Körpertemperatur des Greises innerhalb von Sekunden herauf. Das auf dem dürren Körper des alten Mannes ausgestreckte Mädchen fand das Ruhelager, das man ihr zugewiesen hatte, recht unbequem, aber schließlich hatte man sie ja nicht zu ihrer eigenen Bequemlichkeit auf Haut und Knochen gebettet.

Nun ist aber jede Erwärmung auf Erden nur provisorisch. Diese bittere Erkenntnis drängte sich auch dem König eines Tages auf, und von da an hätten tausend gestapelte junge Mädchen nicht ausgereicht, um die Kälte zu vertreiben, die sich langsam in ihm ausbreitete. Bevor der Gletscher des Todes ihn endgültig erfasste und davontrug, hatte David noch Zeit, seinem Sohn Salomo, den er zu seinem Nachfolger bestimmt hatte, einige gute Ratschläge mit auf den Weg zu geben. Schick dieses graue Haupt blutig in die Unterwelt und jenes auch, empfahl er ihm, und vor allem, halte dich an die Gesetze des Herrn.

Salomo begann damit, das Haupt seines Bruders Adonija in die Unterwelt zu schicken. Dieser hatte den Wunsch geäußert, das junge Mädchen zu heiraten, welches seinem alten Vater als Bettdecke gedient hatte. Ich und niemand anders habe Anspruch darauf, die Decken meines Vaters zu erben, entrüstete sich Salomo, obwohl er persönlich es vorzog, sich mit der Tochter des Pharao zuzudecken und mit dem dazugehörigen Gold.

Die Geschichte von Salomo und seiner Herrlichkeit

Schon bevor er Gott bat, ihm Weisheit zu verleihen, war Salomo alles andere als ein Dummkopf – hätte er sonst Gott um Klugheit angefleht? Auch nahm er wohl an, Gott sähe es lieber, wenn man ihn um Weisheit bittet statt um Paläste und Reichtümer aller Art, was tatsächlich in Salomos Fall auch stimmte, sich aber, angesichts der großen Zahl der Reichen und der kleinen der Weisen, nicht verallgemeinern lässt. Jedenfalls erfüllte ihm Gott seinen Wunsch, und Salomo wurde der weiseste Mann, den die Erde je getragen hat (oft schießt der Allmächtige beim Erfüllen unserer Wünsche – wenn er sie überhaupt erfüllt – über das Ziel hinaus: man bittet ihn um ein bisschen Urteilsvermögen, und schon wird man zum größten Weisen aller Zeiten erklärt).

Mit seiner neuen Weisheit bewaffnet, fällte Salomo bald sein erstes Urteil. Zwei Frauen stritten sich um einen Säugling; jede beanspruchte die Mutterschaft für sich. Aber kaum hatte Salomo ein Schwert angefordert, um Gerechtigkeit walten zu lassen und das Kind in der Mitte durchzuschneiden, da ließ eine der vorgeblichen Mütter wissen, sie verzichte lieber auf das Baby, als sich mit einer Hälfte zufrieden zu geben. (Die wahren Mütter sind oft zu Kompromissen einfach nicht bereit.) Statt sich zu freuen und mit dem Kind das Weite zu suchen, bestand die andere Frau darauf, der Säugling müsse zweigeteilt und somit für beide Mütter und für die Nation unbrauchbar gemacht werden, als sei sie einzig darauf aus, nicht etwa das Kind zugesprochen zu bekommen, sondern die blitzneue salomonische Weisheit zur Geltung kommen zu lassen. In der Tat haben verleumderische Zungen den König im Verdacht, diese ganze Urteilsgeschichte selbst inszeniert zu haben, um seinen Ruf als Oberweiser in ganz Israel und darüber hinaus zu verbreiten. Wie vorauszusehen, brachte so viel Weisheit rasch auch Reichtum mit sich, und bald ersetzte ihm gemästeter Kuckuck, der damals als Leckerbissen galt, das tägliche Brot.

Salomo als Bauherr

Im Bestreben, sich des superlativischen Titels, den Gott ihm verliehen hatte, würdig zu erweisen, machte sich Salomo daran, dem Herrn einen monumentalen Tempel zu errichten, oder besser gesagt von zigtausenden Zwangsarbeitern errichten zu lassen, denn, wie ein anderer Weiser nach ihm bemerkte, ist Kraftarbeit der Mächtigen (und der Weisen) Sache nicht. Der Tempel sollte zum Ruhm Gottes beitragen und möglichst auch ein wenig Ruhm für seinen Bauherrn abwerfen. Sieben Jahre brauchte es, bis der letzte Stein des Bauwerks gesetzt und das Innere mit zwei riesigen Engeln und einer Fülle kleinerer bevölkert war, die eine dünne Goldschicht daran hinderte, wegzufliegen. Das schönste Stück des Mobiliars war ein von zwölf Rindern gestütztes und mit Weihwasser gefülltes bronzenes Meer. Soviel wir wissen, war es das erste Weihwassermeer – oder ist womöglich der Pazifik auch eines?

Ich habe ein fürstliches Haus für dich gebaut, in dem du wohnen darfst dein Leben lang, also für immer, sprach Salomo zu dem Herrn, als die Bauarbeiten abgeschlossen waren und Gott, wie gewöhnlich in eine dicke Wolke eingemummt, sich in seiner neuen Bleibe eingerichtet hatte. Dann ging der König daran, sich selbst ein Haus bauen zu lassen, und daran sollte nicht sieben, sondern dreizehn Jahre gearbeitet werden. Als er endlich fertig war, war der prunkvolle Palast fünfzig Meter lang, fünfundzwanzig Meter breit und fünfzehn Meter hoch, also zwanzig Meter länger, fünfzehn Meter breiter und zweieinhalb Meter höher als der neue Gottestempel. Nun ist Gott glücklicherweise kein Pedant, der mit einem Zollstock in der Tasche herumläuft. Ein paar Meter mehr oder weniger, was macht ihm das schon aus? Es ist auch weniger eine Frage der Meter als vielmehr des Prinzips und des Takts, werden Sie einwenden. Man leistet sich einfach keinen sechstürigen Rolls Royce, wenn Gott der Allmächtige mit einem Bollerwagen daherkommt. Wie Sie sich aber vielleicht erinnern, hatte Salomo den Herrn ja zu Beginn seiner Laufbahn auch nicht um Bescheidenheit, sondern um Weisheit gebeten.

Salomo als Handelsherr

Unter Handel verstand man damals wie heute Tätigkeiten und Untätigkeiten aller Art. Was Salomo angeht, so machte es der Handelsberuf erforderlich, dass er den ganzen Tag auf seinem Thron sitzen blieb – übrigens ein Modell schlichter und diskreter Möbelgestaltung, ganz aus Gold und aus Elfenbein, sechs Stufen führten hinauf und zu Salomos Leidwesen manchmal auch hinunter, zwölf Löwen hielten Wache auf dem Boden, zwei weitere standen oben neben den Armlehnen – und gnädig die Geschenke und Abgaben annahm, die die fremden Könige und die eigenen Untertanen ihm in großen Mengen brachten, ah, die Königin von Saba, herzlich willkommen, wenn Sie das Gold und die Edelsteine einfach hier ablegen würden, schön, dass Sie gekommen sind, also dann bis zum nächsten Mal, auf Wiedersehen. Salomo wurde der reichste König, den die Erde je getragen hatte. Sein Besitz vermehrte sich von Tag zu Tag, aber das genügte dem Superlativisten noch nicht. In der Hoffnung, seinen Einflussbereich auszudehnen und weitere Reichtümer anzusammeln, liierte er sich mit den Frauen seiner Nachbarn, und da er nichts anfangen konnte, ohne dabei das Guinness-Buch

135

der Rekorde anzupeilen, heiratete er siebenhundert unter ihnen und machte dreihundert zu seinen Konkubinen, was ganz gewiss nicht als Zeichen von Weisheit gedeutet werden kann, wenn man bedenkt, dass es schon immer des Weibes liebster Zeitvertreib war, die Männer ins Verderben zu ziehen. Eine einzige Frau wird ihnen meistens schon zum Verhängnis. Und nun gar tausend … Der König hatte einige Mühe, gleichzeitig seinen Gott und einen Harem diesen Umfangs zufriedenzustellen. Also wurde an höchster Stelle beschlossen, dass seine Nachfahren nicht über Israel herrschen würden, doch da er eine Leuchte war, sollte ihm auch eine Leuchte, sprich ein Minimum an Nachfahren, erhalten bleiben, und überhaupt wollte der Herr nicht Salomo selber für seine Fehler bestrafen, sondern erst seine Söhne.

Der religiöse Opportunismus Salomos und seine Habgier wiegen natürlich nicht schwer im Vergleich zu der erstaunlichen Weisheit, für die er in die Geschichte eingegangen ist. Man erinnere sich nur, mit welcher Leichtigkeit er Antwort gab auf alle Fragen, die ihm die Königin von Saba stellte (leider sind weder Fragen noch Antworten erhalten). Die Quintessenz seiner Weisheit aber ist in der Chronik Salomos festgehalten (ebenfalls nicht erhalten).

Die Spaltung

Nach Salomos Tod bestieg sein Sohn Rehabeam den Thron. Rehabeam hatte von der Weisheit seines Vaters nicht viel mitbekommen, wohl aber die Strafe für die väterlichen Sünden geerbt. Gott schickte ihm den Revolutionär Jerobeam mit dem Auftrag, die Nachkommen Salomos zu entmachten. Der Revolutionär stellte sich an die Spitze des Volkes und forderte – hat man Derartiges schon erlebt? – eine Regierungsreform. Statt der guten alten Tyrannei, die sich zu Salomos Zeiten bewährt hatte (die Weisheit will das Volk unterm Joch stöhnen und schwitzen sehen), forderte er eine neue, weniger strenge Tyrannei. Rehabeam zögerte. Er fragte die Alten um Rat, und die rieten ihm, nachzugeben; dann befragte er die Jungen, und die Jungen verlangten Unbeugsamkeit und Härte. Was tun? Er überlegte und überlegte, was sein Vater nie nötig gehabt hatte, und schließlich befolgte er den Rat der Jungen und schrie: Mein kleiner Finger ist größer, als es die Lenden meines Vaters sind. Was ihr bisher erduldet habt, ist nichts gegen die Art, wie ich euch Zucht lehren will.

Zwar kann der kleine Finger seit Freud niemanden mehr über seine wahre Identität hinwegtäuschen, aber man sollte nicht denken, dass die Menschen früher ahnungslos gewesen wären. Das Vergleichen der Ausmaße ihrer kleinen Finger zählte schon immer zu den männlichen Lieblingsbeschäftigungen. Seit dem ersten Morgengrauen der Menschheit finden in dieser Disziplin Wettbewerbe statt, Wetten werden abgeschlossen, und die Sieger tragen ein triumphierendes Lächeln zur Schau.

Es stellte sich aber heraus, wie es in solchen Fällen öfter geschieht, dass Rehabeams kleiner Finger weniger groß war, als er hatte glauben machen wollen. Kein Wunder also, dass er entthront wurde von seinem Rivalen und dessen himmlischem Helfer, dem Besitzer des größten kleinen Fingers schlechthin (jede Frau, auf die Er ihn richtet, verdreht unweigerlich die Augen und fällt in Ohnmacht).

Die erste und die letzte von Jerobeam angestrebte Reform war religiöser Art (zu weiteren Erneuerungen sollte er keine Gelegenheit mehr haben). Er setzte sich in den Kopf, dem Haupttempel in Jerusalem Konkurrenz zu machen, indem er zwei goldene Kälber anfertigen und an verschiedenen Orten aufstellen ließ – als hätte die Vergangenheit nicht zur Genüge bewiesen, dass sich Gott ungern in Form eines Säugetieres anbeten lässt. Daraus können wir folgern, was wir längst schon wissen, dass nämlich die Geschichte die schlechteste aller Lehrerinnen ist und unsere Fehler nur dazu dienen, wiederholt zu werden, wenn auch manchmal mit geringfügigen Veränderungen. Vielleicht war Gott ein goldenes Kalb zu wenig, ich versuche es einmal mit zweien, dachte sich Jerobeam. Der Unglückselige. Seine ganze Familie wurde Opfer eines jener Henker, die massenweise im Dienst des Herrn stehen. Ihre Leichen wurden von Hunden oder Geiern aufgefressen, je nachdem, ob sie Stadt- oder Landbewohner waren, und der Stamm Juda spaltete sich ab von dem restlichen Volk Israel.

Die große Dürre

Gott liebt die Monotonie. (Nützen wir es, dass er gerade in einen tiefen Schlaf gesunken ist, um kurz von ihm zu reden.) Es wäre ihm ein Leichtes gewesen, den Menschen mit ein wenig mehr Phantasie auszustatten. Wenn jemand frei über seine Handlungen bestimmt, dann doch wohl er, der ja, nach dem heutigen Stand unserer Kenntnisse, niemandem über sein Tun und Lassen Rechenschaft ablegen muss. Was hätte es ihn gekostet, den Menschen fröhlicher zu schaffen oder ein wenig schlauer, oder wenigstens ein bisschen erfinderischer? Irgendeinen Weg hätte es ja wohl gegeben, die menschliche Geschichte weniger repetitiv und öde zu gestalten oder ihr einfach ein rasches Ende zu bereiten, warum nicht alles wegwischen und neu anfangen, warum die Menschen nicht zu den Vögeln in den Himmel verpflanzen und Lachkäuze oder Weinkehlchen aus ihnen machen, sogar eine Fledermaus mit Löwenmähne wäre besser gewesen als diese tristen Figuren, deren Arme vergeblich darüber hinwegzutäuschen versuchen, dass sie im Grunde nur Beine sind ohne Boden unter den Füßen.

Der Mensch könnte unberechenbar und unterhaltsam sein, wenn Gott nicht die Monotonie so liebte. Und in seinem Alter werden wir ihn wohl kaum noch verändern können.

Im Jahre achthundertfünfzig vor Christus begannen die Israeliten erneut, an den Gott Baal zu glauben. Also sandte ihnen der Herr eine ordentliche Dürre (immerhin ist durch die Verschiedenartigkeit der Katastrophen, die über den Menschen hereinbrechen, ein Minimum an Abwechslung gewährleistet). Als sie so ausgetrocknet waren wie Dörrpflaumen, veranstaltete der Prophet Elija einen Wettbewerb, bei dem die beiden Götter ihre Macht bzw. zunächst einmal ihre Existenz unter Beweis stellen sollten. Aber Baal wollte einfach nicht. Den ganzen Tag lang flehten ihn seine Anhänger an, doch wenigstens einmal seine Nasenspitze zu zeigen. Keine Reaktion. Boykottierte er prinzipiell jede öffentliche Veranstaltung? Überstieg das Hervortreten ans Tageslicht seine Kräfte? Was tun?

Schreit nur lauter, empfahl der zynische Elija den Gläubigen. Vielleicht ist er beschäftigt oder verreist. Oder er macht ein Nickerchen?

Als die Spannung und der Durst ihren Höhepunkt erreicht hatten, erschien der Gott der Israeliten. Mit seiner Feuerzunge leckte er das wenige Wasser, das dem Volk geblieben war, auch noch auf. Sofern sie nicht verdursteten, waren alle, die dem Wettbewerb beigewohnt hatten, beeindruckt und huldigten mindestens drei Tage lang dem Gewinner, bis sie dann wieder fremdgingen und ihre guten Vorsätze über den Haufen warfen. Und da sage einer, das Leben sei nicht eintönig.

Bitte in dieses Kapitel noch den (möglichst strömenden) Regen einbauen, sehen Sie selbst, wo Sie ihn am besten unterbekommen, und vergessen Sie nicht Ihren Regenschirm.

Elija am Horeb

Elija ließ alle vierhundertfünfzig zu dem Wettbewerb erschienenen Baal-Anhänger ermorden, denn ihr Gott hatte sich als schwächer oder zumindest tauber erwiesen als seiner. Doch die Königin Isebel, eine große Anhängerin Baals, schwor, sich an Elija zu rächen. Von Gott und den Menschen verlassen, verzweifelt und ausgehungert, irrte Elija durch die Wüste und wünschte, er wäre tot. Als Gott seinen Diener in diesem traurigen Zustand erblickte, band er sich seine Schürze um und buk ihm auf den heißen Steinen ein Brot. Als vorsorglicher Vater bestand er darauf, dass Elija sich noch ein zweites Mal bediente. Derart gesättigt, konnte der Prophet noch vierzig Tage weiterlaufen, bis zum Berg Horeb, auf dem schon Mose den Allmächtigen von hinten gesehen hatte.

Was willst du hier, Elija?, fragte ihn der Herr verwundert, als habe er keinen Besuch erwartet. Elija beklagte sich über die Schlechtigkeit der Menschen, doch darüber wusste der Schöpfer längst Bescheid, war sie ihm doch als Erstem aufgefallen. Komm aus dieser Grotte heraus!, befahl er dem Propheten, denn er wollte die Gelegenheit nutzen, um sich noch einmal einem er-

143

gebenen und dankbaren Mann in seiner ganzen Herrlichkeit zu zeigen.

Zuerst zog ein Wirbelsturm vorbei, dann bebte die Erde, dann loderten Flammen, aber Gott hielt sich weder im Sturm noch im Erdbeben, noch in der Feuersbrunst versteckt. Schließlich kam eine zarte Brise auf, duftig wie ein seidenes Hochzeitskleid, da war der Herr hineingeschlüpft.

Was willst du hier, Elija?, fragte er noch einmal den Propheten, als habe er bereits vergessen, für wen die Erde gebebt und das Feuer gelodert hatte. Geduldig schilderte ihm Elija noch einmal sein Problem, und Gott hörte zu und verkündete darauf, dass er erneut das ganze Volk Israel vernichten werde außer den siebentausend, die Baal nicht auf den Mund geküsst hatten.

Kurze Zeit später griff der König von Aram die israelitische Armee in der Ebene an, hatten ihm doch seine Berater versichert, der Gott Israels sei eine im Flachland untaugliche Berggottheit. Das konnte der Herr unmöglich auf sich sitzen lassen. Um zu beweisen, dass er landschaftlich ungebunden war, verhalf er seinem Volk zum Sieg und ersparte ihm vorläufig die angedrohte Vernichtung.

Der Weinberg des Naboth

Eines Tages bekam der König Ahab Lust auf ein Gemüsegärtchen. Während seine Frau Isebel ihren blutigen Geschäften nachging, träumte Ahab davon, Lauch und Zwiebeln anzubauen. Überlasse mir deinen Weinberg, bat er seinen Nachbarn Naboth, ich will mir ein Gemüsegärtchen daraus machen.

Dieser Gärtnerkönig will mir das Land wegnehmen, das ich von meinen Vätern geerbt habe, dachte Naboth, und er weigerte sich und war durch nichts von seiner Sturheit abzubringen. Ahab weinte sich im Schoß seiner Gemahlin aus und erzählte ihr von seinem großen Kummer: dass er so gerne Kürbisse und Knoblauch pflanzen wollte, und dass ein böser Nachbar ihn daran hinderte. Isebel schalt ihren Mann einen Jammerlappen und nahm die Sache selber in die Hand. Sie ließ Naboth steinigen und seine Güter beschlagnahmen.

Ahab war indessen seufzend und klagend auf seinem Lager liegen geblieben. Als er erfuhr, dass Naboth tot war, erhob er sich, um seinen zukünftigen Gemüsegarten zu besichtigen. Wie groß war seine Überraschung, als er dort dem Propheten Elija begegnete! Gott hat alles gesehen, sagte Elija, und er wird dich und deine Nachkommen bestrafen und für die nächsten Jahrhunderte ausrotten. Da wurde Ahab reumütig, und er kleidete sich in Sack und Asche und lief langsam umher.

Hast du gesehen, wie Ahab sich vor mir gedemütigt hat?, prahlte Gott vor seinem Propheten. Und er ließ sich von so viel Reue besänftigen und beschloss, die Strafe auf später zu verschieben, auf viel später sogar, so dass sie nicht Ahab selbst, sondern seinen Sohn treffen würde, der ja, wie sein Vater im Grunde auch, an dem ganzen Geschehen unschuldig war.

Der Aramäerkrieg

Der Herr saß inmitten seiner Armee auf seinem Himmelsthron und sann nach einem Mittel, wie Ahab am besten dazu zu bringen wäre, einen Krieg mit den Aramäern anzuzetteln und in der Schlacht zu fallen. Hatte er schon wieder vergessen, dass er eben noch versprochen hatte, Ahab zu verschonen, oder bereute er seinen Anflug von Milde schon wieder? Die Geschichte gibt uns darüber keine Auskunft, lehrt uns aber, dass man den göttlichen Worten nicht unbedingt mehr Vertrauen als den menschlichen schenken sollte.

Aus unerfindlichen Gründen, vielleicht, um reine Hände zu behalten, greift der Herr ungern persönlich ein. Stattdessen liebt er es, sich komplizierte Strategien auszudenken, Fallen zu stellen und seine Opfer in Hinterhalte zu locken. Er würde niemandem eine Kugel in den Kopf schießen. Gott lügt und tötet nur durch die Zunge und die Hand seiner Geister oder der Menschen, was so manchen Vorzug hat und ihm den Ruf eines guten Familienvaters sichert.

Wer opfert sich und reist einmal kurz zur Erde?, fragte der Herr seine unstofflichen Soldaten. Ich will gehen und Ahab falsche Hoffnungen machen, was seine Sie-

147

geschancen gegen die Aramäer betrifft, antwortete ein besonders eifriger Geist.

Ahab träumte davon, als Kriegsheld in die Geschichte einzugehen und seine gärtnerischen Ambitionen vergessen zu machen, so dass der von Gott gesandte Lügengeist leichtes Spiel hatte und ihn nicht lange zu überreden brauchte, den Aramäern den Krieg zu erklären. Bevor er aber zum Angriff überging, wollte Ahab sicher sein, den Krieg auch zu gewinnen (worin sich seine legendäre Tapferkeit wieder einmal zu erkennen gab), und der Lügenengel überzeugte ihn davon. Der unglückselige König Ahab fiel planmäßig in der Schlacht, von Gott betrogen, von seiner Frau missachtet, die Hunde leckten sein Blut auf und die Prostituierten badeten darin, aller Wahrscheinlichkeit nach die Prostituierten zuerst und die Hunde danach, vielleicht stürzten aber auch alle gleichzeitig los, die Szene ist schlecht zu rekonstruieren, jedenfalls wurde er hoffentlich in seinem Gemüsegärtchen begraben.

Das zweite Buch der König

Die Anfänge Elischas

Für Elija, seinen Lieblingspropheten, hatte sich der Herr ein ganz besonderes Ende ausgedacht: ein von Feuerpferden gezogener Feuerwagen würde ihn abholen kommen. Elija, sein Nachfolger Elischa sowie alle anderen wahren Propheten wussten schon im Voraus von dieser Entführung, denn ihre Sehergabe beraubte sie auch der kleinsten Überraschung. Elischa wollte nichts von dem spektakulären Ereignis verpassen und folgte seinem Meister auf Schritt und Tritt.

Du brauchst mich nicht zu begleiten, ich gehe nicht weit weg, sagte der alte Prophet zu ihm, in der Hoffnung, wenigstens für kurze Zeit einmal seine Ruhe zu haben. Aber Elischa blieb dabei: er wollte nicht einen Millimeter von seinem Meister weichen. Endlich brach der Himmelfahrtswagen aus den Wolken, und innerhalb des Bruchteils einer Sekunde war alles vorüber. Elischa hatte kaum Zeit, einen Schrei auszustoßen, da hatte der Himmelsschlund seinen Meister schon verschlungen. Sobald er seine Geister wieder beisammen hatte, zerriss Elischa seine Kleider und legte sich den Mantel um, der von den Schultern des Greises geglitten war, als dieser das göttliche Gefährt bestiegen hatte, denn es war

151

ihm nicht verborgen geblieben, dass sich die Macht eines Propheten in seinem Mantel staut. Nun beeilte er sich, die magischen Kräfte seines neuen Gewandes auf die Probe zu stellen. Zunächst einmal versuchte er es mit einem Zauberstück, das sich schon anderweitig bewährt hatte: der (teilweisen) Trockenlegung des Jordan. Und tatsächlich, der Mantel, wie später der Besen, gehorchte auch ohne seinen alten Meister. Auf dem anderen Ufer warteten die übrigen Propheten, die dem Geschehen aus der Ferne beigewohnt hatten.

Wenn du willst, können wir uns im Land verteilen und deinen Meister suchen, schlugen sie Elischa vor. Vielleicht hat Gott ihn ja nur hochgehoben und dann auf einer Bergkuppe oder in einem Tal wieder abgesetzt.

Sucht nur, antwortete Elischa, um sie nicht vor den Kopf zu stoßen, aber man merkte, dass er nicht die geringste Lust verspürte, seinem Meister in dieser Welt noch einmal zu begegnen. Außerdem: Holt man jemanden mit einer Limousine ab, um ihn dann per Fußtritt wieder nach Hause zu befördern? Die Hypothese der Propheten war alles andere als glaubwürdig. Es hätte sich ja wohl herumgesprochen, wenn Gott die Gewohnheit hätte, diejenigen, die er zu sich genommen hat, auch wieder herauszugeben.

Die Wunder des Elischa

Nun sollte der Mantel aber nicht nur alte Wunder wiederholen, sondern auch neue vollbringen. Das erste neue Wunder war ein Bärenwunder: zweiundvierzig Halbwüchsige, die sich über Elischa lustig gemacht und ihn »Glatzkopf« genannt hatten, wurden auf Wunsch des Propheten von Bären zerrissen (man ließ damals den jungen Leuten noch nicht wie heute alles durchgehen).

Später spezialisierte Elischa sich auf die Vermehrung von Nahrungsmitteln, die Wiederauferstehung von Toten und das Wiederfinden von verlorenen Gegenständen. Während der Belagerung von Samaria durch die Aramäer konnte der Prophet allerdings nicht verhindern, dass die Israeliten sich gegenseitig ans Leder gingen:

Die Belagerung dauerte schon lange, und die Samariter hatten außer sündhaft teuren Eselsköpfen nichts mehr zu essen. Gib uns deinen Sohn, damit wir ihn heute aufessen, schlug eine Frau ihrer Nachbarin vor; meinen Sohn werden wir dann morgen verzehren. Sie brieten den ersten Sohn und aßen ihn auf. Am nächsten Tag aber, als der andere Schlingel zubereitet werden sollte, hatte die Frau Nachbarin es sich anders überlegt, und überhaupt hatte sie sich am Vortag so den Bauch voll geschlagen, dass sie beim besten Willen keinen Bissen Sohn mehr hinuntergebracht hätte.

Die betrogene Mutter beklagte sich bei ihrem König, der sich bei dem Propheten Elischa beklagte, der sich bei Gott beklagte, der allen zu essen gab. Natürlich nicht umsonst. Aber der Preis des Eselskopfes war gesunken, und es gab sogar etwas Feinmehl und Gerste zu kaufen.

Ja aber, fragen Sie, warum vollbrachte Elischa denn sein berühmtes Brotvermehrungswunder nicht während dieser furchtbaren Hungersnot, statt ohne jeden dringenden Bedarf hundert Mann zu sättigen, die leicht auch ohne seine Künste ausgekommen wären? Gute Frage, sehr gute Frage. Sie müssen verstehen, dass Wunder eine Sache sind und Plagen eine andere und dass sie zeitlich nicht unbedingt zusammenfallen. Dazu kommt, dass ein Wunder nur einmal funktionieren kann. Der begabteste Prophet vermehrt Brote weder unendlich noch so oft es ihm beliebt. Wenn er sein Publikum auch weiterhin beeindrucken will, muss er sich etwas Neues einfallen lassen. Zudem sind Hungersnöte und Naturkatastrophen die Strafen Gottes. Wo kämen wir hin, wenn jeder kleine Prophet die göttlichen Pläne durchkreuzen und das Volk mit Brot mästen könnte, wenn Er doch gerade beschlossen hat, es auszuhungern?

Bevor sich die Samariter nun endgültig in Kannibalen verwandelten, beauftragte der Herr Elischa, das baldige Ende der Belagerung und damit auch der Hungersnot anzukündigen. Aber das Volk war misstrauisch, und am misstrauischsten war der königliche Adjutant. Selbst wenn Gott Fenster in den Himmel einbaute, sagte er zu Elischa, würde deine Prophezeiung nicht eintreffen. Leider ist dem Allmächtigen keine menschliche Eigenschaft mehr zuwider als Skepsis, und er sorgte dafür, dass der Adjutant bei der erstbesten Gelegenheit von der Menge zertrampelt wurde. Dabei wäre es doch eine ausgezeichnete Idee gewesen, ein paar Öffnungen am Himmel anzubringen, die uns einen kleinen Einblick gewährt hätten in das, was sich dahinter abspielt. Natürlich hätte sich der Herr wohl nicht bereit erklärt, den Himmel mit Dachluken auszustatten, zumal er selbst ja gar keine Verwendung dafür hat, denn sein Auge bohrt mühelos Fenster in unsere erbärmlichen Seelen. Warum sollte er sich also von uns ausspionieren lassen? Zugegeben, die Idee des Adjutanten war gut – aus unserer Sicht.

Die Geschichte des Jehu

Jehu war ein einfacher Offizier, bis ihm einer der Jünger Elischas einen Krug Öl über den Kopf goss. Nach dieser ersten Ölung hielt er sich für berechtigt, seinen bereits durch eine Wunde geschwächten König zu ermorden und dessen Platz einzunehmen. Nun war der besagte König aber niemand anders als der Sohn Ahabs, der uns wegen seines sehnlichen Wunsches nach einem Gemüsegärtchen in guter Erinnerung geblieben ist, und so passt alles zusammen und erklärt sich: Der Sohn hatte die Sünden seines Vaters geerbt und nun erbte er die Strafe dafür. Um den Sündenkreis wieder zu schließen, warf man die Leiche des Königs in den Weinberg Naboths, wo sein Vater seinen Lauch- und Zwiebeltraum geträumt hatte.

Dann ging Jehu, sich um die Königsmutter Isebel zu kümmern, die ihren gärtnernden Mann bis dahin überlebt hatte. Isebel wusste, dass sie nun würde sterben müssen. Stolz und aufrecht erwartete sie ihren Mörder, prachtvoll frisiert und geschminkt, so dass Jehu sich nicht traute, selbst Hand an sie zu legen, und zwei Hofleuten befahl, sie zum Fenster hinauszuwerfen.

Dem Wunsch Gottes entsprechend, blieb die Leiche

Isebels wie Mist auf dem Boden liegen und wurde nicht begraben, eine Behandlung, die auf den ersten Blick zwar barbarisch erscheint, aber relativiert wird durch die Tatsache, dass die sterblichen Überreste der Menschen und der Tiere in jedem Fall als Dung enden, sei es nun an der Oberfläche oder im Erdboden vergraben. Wer zu Lebzeiten ein Mistkerl war, wird auch nach seinem Tod ein Mistkerl bleiben. Doch auch die gute Seele wird zu Mist. Was den einen weggenommen wird, kommt den anderen zugute, so hat es Gott gewollt. Selbst die egoistischsten und misanthropischsten unter uns sind gezwungen, eines Tages ihrem Nächsten zu dienen. Spätestens als Humus lernt der Mensch Altruismus und Güte. (Gott hat uns ganz schön drangekriegt mit seiner obligatorischen posthumen guten Tat.)

Die Geschichte von Jehu ist jedoch noch nicht zu Ende. Er hatte Ahabs Witwe umgebracht und einen seiner Söhne, aber man hatte ihm nicht einen ganzen Krug Öl über den Kopf gekippt, damit er auf halbem Wege schon innehielte. Die gesamte Familie Ahabs musste ausgerottet werden, hatte Gott befohlen, bis auf den letzten Mann. Siebzig in Samaria verstreute Söhne und Enkel Ahabs galt es zu ermorden. Da kam Jehu eine geniale Idee. Schickt mir die Häupter der Familie Ahabs, schrieb er den Erziehern der jungen Leute. Und noch am selben Tag schnitt man den siebzig Nachkommen Ahabs die Köpfe ab, packte sie in Körbe und schickte sie an Jehu. Dieser brauchte sich nicht die Hände schmutzig zu machen und konnte zudem noch die Mörder beschuldigen, seinen Brief falsch interpretiert und wörtlich genommen zu haben.

Mithilfe einer anderen List ging Jehu nun daran, die Andersgläubigen im Land auszumerzen. Er gab vor, sich zu dem Gott Baal bekehrt zu haben, und veranstaltete ein großes Fest zu Ehren des Gottes, zu dem alle Anhänger Baals angereist kamen. Als der Baaltempel zum Brechen voll war, ließ Jehu alle Gläubigen abschlachten.

Gott war sehr zufrieden mit Jehu und versprach ihm eine schöne Belohnung (die Macht über vier Generationen). Und das Gebot »Du sollst nicht töten«, was ist damit?, höre ich Sie fragen. Ist dieser Jehu nicht ein Lügner und ein Feigling, der sein Leben lang nur andere überlistet und ermordet hat? Das ist er wohl. Aber wahrscheinlich ist uns nur das halbe Gebot überliefert, wahrscheinlich war der Text hier verderbt oder verdorben und der Satz hieß ursprünglich: Du sollst nicht ohne Grund töten. Ohne guten Grund.

Einnahme Samarias und Regierung des Hiskija

Im achten Jahrhundert vor Jesus Christus hatten die Israeliten vergessen, dass ihr Gott ein eifersüchtiger Gott war, der jede Art von Polytheismus verabscheute. Sie glaubten nun an eine Vielzahl von Gottheiten, beteten Kälber und verschiedene andere Idole an und verbrannten gerne ihre Kinder, überzeugt wie sie waren, dass dieser Brauch Glück bringe. Viel Wasser war den Jordan hinuntergeflossen, seit das Volk Israel von seinem Herrn auserwählt worden war. Mose und Abraham waren weit, und das menschliche Gedächtnis besitzt nicht die Ausmaße, die Gott von ihm verlangt. Kurzum: Die Israeliten hatten ihren Gott vergessen. Um sich ihnen wieder in Erinnerung zu rufen, verschleppte der Herr sie nach Assyrien. Das Land, in dem Milch und Honig fließen, fiel in die Hände der Assyrer, und es siedelten sich Menschen aus Babel und anderswoher darin an, die auch gleich die von den meisten Israeliten längst aufgegebene Landesreligion übernahmen. Genauer gesagt, regte Gott sie zu diesem Religionswechsel dadurch an, dass er alle, die noch zögerten, von Löwen auffressen ließ.

Samaria war nun von Fremden bewohnt, die sich im Laufe der Jahrhunderte einen Ruf als gute Samariter erwerben sollten. Das Volk Israel war den Assyrern unterworfen. Allein der Stamm Juda besaß noch einen König in Jerusalem, und für diesen König, Hiskija mit Namen, sollte sich (vorübergehend) die Erde in die umgekehrte Richtung drehen. Am Anfang ging es einfach nur darum, Hiskija wegen eines Magengeschwürs zu behandeln. Gott riet ihm, sich Feigenbrei auf den Bauch zu schmieren, aber Hiskija sollte natürlich nicht denken, dass er außer solch harmlosen Mittelchen nichts parat habe. Also schickte er die Erde kurz in die Richtung, aus der sie kam, und fiel damit, wie so oft, von einem Extrem ins andere. Zwischen dem Feigenbrei und dem Fußtritt in die Erde gab es für ihn keinen Mittelweg. Unser Planet drehte sich so lange zurück, wie die Sonne brauchte, um zehn Treppenstufen rückwärts zu gehen, dann nahm er seine gewohnte Bahn wieder auf. Das wäre doch nicht nötig gewesen, murmelte Hiskija, aber es war schon zu spät, unser Zeitsystem war wieder einmal durcheinander gebracht. Wie viel Zeit war verloren gegangen? Das ist heute unmöglich zu sagen, niemand weiß, wie groß unsere Verspätung im Wettlauf der Gestirne wirklich ist und welche vorübergehende Beschleunigung nötig wäre, um sie wieder einzuholen.

Die Erklärung für die gottgewollte Verspätung lautet neueren Erkenntnissen zufolge so: Sommerzeit und Winterzeit wurden damals direkt vom Himmel aus reguliert. Statt dass jeder seine Sonnenuhr um eine Stunde zurückstellen musste, konnte man sich darauf verlassen, dass Gott die Erde zurückstellte, eine um vieles einfachere und praktischere Lösung, die unseren Vorfahren so manche verpasste Verabredung ersparte.

Der Untergang Jerusalems

Dass der Himmel nicht von einem Gott allein bewohnt ist und dass Gottheiten aller Art ständig über unseren Köpfen ihre Akrobatik-Nummern vorführen, war zu diesen weitentfernten Zeiten noch für niemanden ein Geheimnis, am wenigsten aber für Gott selbst. Hätte er sonst gesagt: Ich bin ein eifersüchtiger Gott? Er wäre doch sicher nicht eifersüchtig gewesen auf Wesen, die es gar nicht gibt? Er doch nicht. Zwar gab er durchaus zu, dass er sich den Himmel mit Scharen von Konkurrenten teilen musste, forderte aber von den Menschen, sie sollten so tun, als sei er weit und breit der einzige.

Gott ist eifersüchtig. Seine Rivalen ebenfalls, warum sollte es ihnen anders gehen. Jeder Gott bestraft die Treulosigkeit derjenigen unter den Menschen, die er sich als seine Gläubigen ausgesucht hat, weshalb es auf Erden Strafen regnet zu jeder Jahreszeit. Da die Unsterblichen eine andere Auffassung von Zeit haben als wir bzw. von der Zeit nur ihre Abwesenheit wahrnehmen – ist es nicht der Tod, der, mit pedantischer Genauigkeit, Tage, Minuten und Sekunden gebiert? –, regnen die Strafen oft mehrere Jahrhunderte vor oder nach den entspre-

chenden Vergehen. So wurden zum Beispiel die Untaten des Königs Manasse nicht unter seiner Regierung
bestraft noch unter der seines Nachfolgers Joschija, sondern erst unter Joaha und später unter Jojakim, und
noch später unter Jojachin. Die zwei Letzteren wurden
von Nebukadnezar in die Knie gezwungen, und das
Land Juda fiel seinerseits in Feindeshand. Nun wurde
auch der Stamm Juda nach Babel verschleppt. Nur die
Ärmsten unter ihnen durften im Land bleiben. Auf die
göttliche Landvergabe war eine göttliche Enteignung
gefolgt. Gott hat gegeben, Gott hat genommen.

Immerhin hatte Joschija, ein König von beispielhaf-
ter Frömmigkeit, das Gesetzbuch wieder ausgegraben,
das seit Jahrzehnten im Jerusalemer Gottestempel unter
dicken Staubschichten vermoderte. An gutem Willen
mangelte es nicht, auch nicht an zum Himmel gestreck-
ten Händen, und wenn man manchmal Kinder verbrannte, so doch nur mit den besten Absichten.

Das Buch Esra

Rückkehr aus dem Exil und Wiederaufbau des Tempels

Fünfzig Jahre später, bei ihrer Rückkehr aus dem Exil, waren aus den Israeliten Sionisten geworden. Was war geschehen? Das wohlhabende und souveräne Volk war zu einer kleinen Gruppe von Vertriebenen zusammengeschmolzen. Diese Übriggebliebenen, die sich nun zum zweiten Mal auf den Weg machten in das ihnen verheißene, aber nicht vergönnte Land, waren die ersten Sionisten.

Sei es, dass er sie noch weiter strafen wollte, sei es, dass er ihnen misstraute – Tatsache ist, dass der Herr bei ihrer Rückkehr aus dem Exil nicht mehr direkt zu seinen Auserwählten sprach. Stattdessen ließ er ihnen den Reisebefehl von einem Fremden übermitteln: Kyrus, der König von Persien, teilte ihnen den göttlichen Willen mit und gab ihnen das Zeichen zum Aufbruch. Doch da war kein Brot mehr, das vom Himmel fällt, kein Meer, das sich teilt, kein Wasser, das aus dem Felsen sprudelt. Wie weit sie schon zurücklag, die Zeit der Wunder, als Gott die ewigen Seufzer und Klagen seiner Geschöpfe noch nicht leid war! Die Zeit der ruhmreichen Eroberungen war vorbei; nur bürokratische Schlachten wurden noch geschlagen: die Israeliten mussten Briefe aufsetzen und Akten wälzen, um zu beweisen, dass ihnen das Land nicht nur verheißen war, sondern auch rechtlich zustand.

Diesem traurigen Abstieg zum Trotz hatte das auserwählte Volk nichts von seinem Stolz, um nicht zu sagen, von seinem Dünkel, verloren. Können wir euch helfen, den großen Tempel wiederaufzubauen?, baten demütig die Samariter. Wir glauben an euren Gott und dienen ihm schon seit langen Jahren.

Die Armen konnten nicht wissen, dass die Israeliten mindestens so eifersüchtig waren wie ihr Gott und nicht die geringste Lust verspürten, ihn mit irgendjemand zu teilen. Es war ihr Gott; wo wären sie hingekommen, wenn er plötzlich die ganze Menschheit geliebt hätte? Schon bedauerten sie zutiefst, dass sie sich dazu hatten hinreißen lassen, sich mit fremden Völkern zu vermischen und fremde Frauen zu ehelichen, und sie nützten diesen neuerlichen Aufbruch und die reumütige Stimmung, die allgemein herrschte, um all diese Ausländerinnen, zusammen mit den Kindern, die sie mit ihnen gezeugt hatten, zu verstoßen. Sie hatten das auserwählte Blut beschmutzt; all das hatte schon lange genug gedauert. Sie konnten sich schon glücklich schätzen, dass man sie überhaupt so lange an auserwählter Seite geduldet hatte.

Das Buch Tobit

Der Blinde und Sara

Tobit begrub die Toten, wo immer er welche fand. Die israelitischen Toten, versteht sich. (Selbst die barmherzigsten unter den Menschen wären nicht so weit gegangen, ihre guten Werke auch Andersgläubigen angedeihen zu lassen.) Wen er nicht begrub, dem gab er Almosen, und wem er kein Almosen schenkte, dem schenkte er ein Lächeln, und wer kein ganzes Lächeln abbekam, der konnte doch mit dem Ansatz eines Lächelns rechnen. Er hatte eine Frau, Hanna, und einen Sohn, Tobias, und er war ein guter Mensch, soviel konnte man mit Gewissheit von ihm sagen. Es war also verständlich, dass er vom Himmel nur das Beste erwartete. Aber was hielt der Himmel für ihn bereit?

Eines Tages, nachdem er seiner Arbeit als freiwilliger Totengräber nachgegangen war, legte Tobit sich im Hof seines Hauses zur Mittagsruhe nieder. Er sah dicke Kumuluswolken vorbeiziehen und dachte, dass heute wohl der Tag sein müsse, an dem der Herr seinen Barbier kommen lässt. Aber bevor er noch ehrerbietig die Augen schließen und seine wohlverdiente Mittagspause genießen konnte, kackten ihm zwei Sperlinge in die Augen. Der warme Sperlingskot zerfraß seine Pupillen und

Tobit wurde blind (eine Geschichte von der Art, wie sie sich im Leben jeden Tag begeben, die aber in Büchern, sei es in heiligen, völlig unwahrscheinlich klingen. Dass jemandem Vogelscheiße in ein Auge fällt, ist gerade noch plausibel; aber in beide Augen gleichzeitig, das übersteigt jede Fiktion.). Seit ihr Mann invalide war, musste Hanna hart arbeiten, um ihre Familie zu ernähren. Die beiden Eheleute begannen sich zu streiten. Seit Tobit niemanden mehr begraben konnte, wollte er am liebsten selbst begraben sein.

Zur gleichen Zeit, aber in einiger Entfernung, spielte ein junges Mädchen mit dem Gedanken, sich aufzuhängen, tat es aber nicht. Zwar hatte sie kein Vogel in Beschuss genommen, aber es gibt ja im Leben auch noch andere Gründe, unglücklich zu sein. Die große Sorge der jungen Sara war, dass sie noch Jungfrau war. Nun hätte ihr dieser Umstand ja eigentlich zur Ehre gereichen müssen, wäre Sara nicht schon siebenmal verheiratet gewesen. Die Hochzeitsnacht war aber noch jedem Gemahl zum Verhängnis geworden. Beim ersten Schritt in das eheliche Schlafzimmer hatte sie alle die göttliche Sense niedergemäht. Wer hätte da an Stelle des jungen Mädchens nicht den Mut verloren?

Gott, den die beiden Unglücklichen innig baten, ihrer traurigen Existenz doch so rasch wie möglich ein Ende zu setzen, beschloss, zwei Fliegen mit einer Klappe zu schlagen. Nicht, dass er die beiden Pechvögel kurzerhand erschlagen hätte, was natürlich auch eine Lösung gewesen wäre. Stattdessen rettete er ihnen das Leben mit Hilfe einer symbolischen Klatsche, und diese drückte er Tobias in die Hand. Welchem Tobias, fragen Sie? Na, Tobias, Tobits Sohn, natürlich (ein bisschen Mühe geben müssen Sie sich schon, die Namen auseinander zu halten, sonst können wir das ganze Bibellesen gleich aufgeben. Wenn man Ihnen die Arbeit schon vorkaut, könnten Sie sich immerhin ein wenig konzentrieren).

Die Hochzeit und die Augen

Tobias ging mit einem Engel als Weggefährten auf Reisen (die Begleitung von Engeln erleichtert das Schlagen mit symbolischen Klatschen erheblich). Um das Vertrauen von Tobias' Vater zu gewinnen und als Reiseführer eingestellt zu werden, gab sich der Engel als Sohn eines Freundes der Familie aus. Die Engel lügen offenbar wie gedruckt, und das schon lange vor Gutenbergs Zeiten. Ist es da denn so unwahrscheinlich, dass auch Gott uns manchmal etwas vorschwindelt? Nur zu unserem Besten, natürlich, aber geschwindelt ist geschwindelt.

Tobias und der Engel wanderten Seite an Seite, plauderten miteinander und fingen einen Fisch, der ihnen von doppeltem Nutzen sein und den Selbstmordkandidaten die Lebensfreude wiedergeben sollte. Wir werden bei Saras Eltern haltmachen, sagte der Engel zu Tobias, und du wirst um ihre Hand anhalten. Tobias, der von Saras sieben kurzen Ehen gehört hatte, zögerte eine Sekunde, was ihm unter den gegebenen Umständen niemand verübeln kann, dann stimmte er zu. Saras Eltern hatten schon alle Hoffnung auf einen neuen Bewerber für ihre Tochter aufgegeben; umso herzlicher

empfingen sie den jungen Mann und seinen Begleiter.
Aber Gastfreundschaft schließt Vorsorge nicht aus: in
der Hochzeitsnacht hob der Vater vorsichtshalber schon
einmal ein Grab aus für seinen achten Schwiegersohn,
um ihn nötigenfalls im Morgengrauen unbemerkt ver-
schwinden lassen zu können. (Ob er den Engel gleich
mit begraben wollte, ist nicht überliefert.) Seine Vor-
sorgemaßnahmen erwiesen sich aber als unnötig, denn
Tobias überstand die Hochzeitsnacht, und dieses Wunder geschah so: Sara wurde liebevoll von einem Dämon
bewacht, der niemandem erlaubte, sich dem Lager der
hübschen Jungfrau zu nähern. Tobias war aber von seinem Freund mit Engelszungen über die Schwachstellen
von Dämonen unterrichtet worden und wusste, dass sie
äußerst geruchsempfindlich sind. Wie Vampire keinen
Knoblauchduft vertragen, so sind Dämonen allergisch
gegen den Geruch von verbrannten Fischinnereien (darauf muss man erst einmal kommen). Bevor er sich zu
seiner Angetrauten ins Bett legte, verbrannte Tobias das
Herz und die Leber des Fisches, den er während der
Reise gefangen hatte. Dem Dämon wurde derart übel
davon, dass er seine Stellung aufgab und sich in den
hintersten Winkel Ägyptens verzog. Der Engel flog ihm
nach, nahm ihn gefangen und fesselte ihn. (Wie wollen
Sie sonst einen Dämon außer Gefecht setzen? Dämonen
sind nicht sterblicher als Götter und Engel, und es ist
durchaus möglich, dass unser kleiner, verliebter Dämon, den alle Welt vergessen zu haben scheint, heute

noch im hintersten Ägypten dahinsiecht mit gefesselten Hufen und Händen, den schmachtenden Blick gen Osten gerichtet, wo einst seine liebe Jungfrau zu Hause war.)

Als Tobias mit seiner Ehefrau zu seinem blinden Vater zurückkehrte, legte er ihm die inzwischen schon halb verfaulte Fischgalle auf die Augen, und Tobit konnte wieder sehen. Denn die Galle ist nur im Gaumen der Menschen bitter, wie der Mensch nur böse ist in den Händen des Herrn. Danach war von Selbstmord keine Rede mehr, alle waren gut und glücklich und dankten dem Herrn und dem Engel, dem Fisch dankte niemand, aber so sind die Menschen, auch die besten unter ihnen lassen es oft an Rücksicht den anderen Tieren gegenüber fehlen.

Rafael

Der Engel hatte gute Arbeit geleistet und sollte nun entsprechend entlohnt werden. Tobit und Tobias staunten sehr, als ihr Diener eine großzügige Bezahlung ausschlug. Was soll ich im Himmel anfangen mit Sklaven, einem Dutzend Ziegen und einer Rinderherde?, wehrte er ab und offenbarte ihnen endlich seine wahre Identität:

Ich bin der Engel Rafael, der dem Herrn die lange Liste eurer guten Taten vorgelesen und ihm eure Bittgebete übersetzt hat. Ihr habt geglaubt, ich hätte eure Mahlzeiten mit euch geteilt, aber das war eine optische Täuschung. Die irdische Nahrung bekommt mir nicht; ich habe alles heimlich den Hunden gegeben. Und der Lügenengel erhob sich pfeilartig und ward von den Sterblichen nie wieder gesehen.

Das Buch Judith

Der Feldzug des Holofernes

Was die guten Menschen oft nicht begreifen, wenn ihnen ein Unglück zustößt, ist, dass ihnen kein Unglück zugestoßen ist. Es ist ihnen vielmehr eine Prüfung auferlegt worden. Was unterscheidet das Unglück von der Prüfung? Nicht viel, auf den ersten Blick. Der Unterschied liegt bei den Menschen, die das eine oder die andere erdulden müssen. Das Unglück trifft die Bösen, während die Prüfung den Gerechten vorbehalten ist. Da sich die beiden Phänomene faktisch nicht unterscheiden lassen, sollten Sie sich zunächst immer erst einmal fragen (wenn Sie zum Beispiel an metastasierendem Krebs leiden, wenn Ihre gesamte Familie bei einem Flugzeugabsturz ums Leben kam oder Ihr Haus bis auf den Grund abgebrannt ist), ob Sie gesündigt haben oder nicht. Wenn Sie sich nichts vorzuwerfen haben, war es nur eine Prüfung und Sie können ruhig schlafen. Wenn Ihr Gewissen aber nicht so rein ist, wie es sein sollte, dann bleibt nur noch übrig zu beten und zu bereuen.

Der erste Reflex, im Falle eines Unglücks bzw. einer Prüfung, sollte also sein, dass man sein Gewissen aufs strengste prüft. Das taten die Israeliten denn auch, als sie von Nebukadnezars gewaltiger Armee umzingelt wurden, deren Heerführer Holofernes sich bereits drei Viertel der Region untertan gemacht hatte. Und siehe da, sie hatten sich diesmal ausnahmsweise nichts vorzuwerfen. In der belagerten und von jeder Wasserquelle abgeschnittenen Stadt Betulia, wo die Menschen zu Dutzenden verdursteten und vor Schwäche umfielen, war man hocherfreut zu erfahren, dass es sich keineswegs um ein Unglück, sondern um eine Prüfung handelte. Die Prüfung erfordert, wie jeder weiß, einen festen Glauben und viel Mut. Wenn es in Betulia jemanden gab, der von beidem reichlich besaß, dann war es Judith.

Judith war Witwe; ihr Mann war an einem Sonnenstich gestorben. (Ob dieser Unfall als Prüfung oder als Unglück gewertet werden muss, steht dahin. Sollte es sich um eine Prüfung gehandelt haben, so wäre Judiths Mann durchgefallen. Im zweiten Falle hätte die Sonne ihn zur Strafe für seine Sünden totgestochen. Es gibt jedoch noch eine dritte Hypothese, auf die wir bisher nicht gekommen sind, wohl, weil sie so häufig zutrifft: das Unglück hat einen Unschuldigen getroffen. Gott hat dafür − möglicherweise − seine Gründe. Was Judiths Mann angeht, so brauchen wir uns jedenfalls nicht über Mangel an Motiven zu beschweren: damit Judith ihrer Berufung folgen konnte, musste sie zunächst einmal von ihrem Gemahl befreit werden. Wie soll eine Frau ihre Kühnheit und Entschlossenheit unter Beweis stellen, solange sie einen männlichen Klotz am Bein und am Herzen hat?)

Judith kleidete sich in ihr schönstes Gewand und stieg in das feindliche Lager hinab. Dort verführte sie Holofernes und hackte ihm mit zwei gut gezielten Schwertschlägen den Kopf ab. Als sie nach Hause kam und den Kopf aus dem Sack ließ, fiel ein Mann in Ohnmacht.

Das Buch Esther

Artaxerxes und Waschti

Frauen und Fressen, Fressen und Frauen, mehr interessierte den Perserkönig Artaxerxes nicht. Im dritten Jahr seiner Regierung gab er allen Fürsten und hohen Beamten des Landes ein Festmahl, das sechs Monate lang andauerte. Artaxerxes war ein liberaler König, niemand wurde zum unentwegten Essen und Trinken gezwungen. Es ist nicht ausgeschlossen, dass den Gästen sogar erlaubt wurde, täglich einmal aufzustehen und ihre Blase und ihre Gedärme zu leeren. Mitten in diesem Zechgelage erinnerte sich Artaxerxes plötzlich seiner Frau Waschti, und er befahl seinen sieben Hofbeamten Mehuman, Biseta, Harbona, Bigta, Abagta, Setar und Karkas, sie zu ihm zu führen. All seine Statthalter und Heerführer sollten wissen, dass er der Eigentümer des schönsten Menschenweibchens war, das die Erde je getragen hatte. Wie groß war seine Verwunderung – Ungläubigkeit – Entrüstung, als die sieben Hofbeamten ohne Waschti zurückkehrten! Die Königin weigerte sich, der vornehmen Gesellschaft vorgeführt zu werden. In Windeseile würde es sich im ganzen Reich herumgesprochen haben, dass der große Perserkönig überfordert war, wenn es darum ging, seiner eigenen Frau Gehorsam beizubringen.

Was soll ich nur tun?, rief der König, meine Frau gehorcht mir nicht. Und er versammelte alle Weisen und Rechtskundigen des Landes um sich und fragte sie, wie sich ein König, dem seine Frau nicht gehorchte, zu verhalten habe, wenn nicht alle Frauen Persiens dem Beispiel ihrer Königin folgen und auf die Anordnungen ihrer Männer pfeifen sollten.

Du hast ihr befohlen zu kommen, und sie ist nicht gekommen, sagten die Weisen zusammenfassend. Wenn du verhindern willst, dass man sich über dich lustig macht, musst du lediglich deinen Befehl zu kommen in einen Befehl, nicht zu kommen, umkehren. Dann nimmst du eine andere Frau und die Sache wäre geregelt.

Der Aufsässigkeit Waschtis sollte Esther es zu verdanken haben, dass sie in die Geschichte eingehen durfte (natürlich nur in die heilige und nicht in die offizielle Geschichte, aber wie vielen unter uns ist es noch nicht einmal gelungen, sich in der ersteren einen Platz zu erkämpfen?). Esther gewann einen Schönheitswettbewerb und wurde zur Miss Persien gewählt. Der König machte sie zu seiner neuen Königin, und in der ersten Zeit schien Esther tatsächlich die vollkommene Gattin zu sein, sanft und folgsam.

Die bedrohten Israeliten

Esther war das Mündel des Israeliten Mordechai, der in den Diensten des persischen Königs stand. Mordechai hatte einen Vorgesetzten, Haman, den er um die Gunst des Königs beneidete, weshalb er es ihm gegenüber demonstrativ an Respekt mangeln ließ. Haman, der zweitmächtigste Mann im Reich, hatte nicht vor, sich diese Unverschämtheit lange gefallen zu lassen, und er beschloss, nicht nur mit dem frechen Mordechai, sondern mit dessen ganzem Volk ein für alle Mal aufzuräumen. Mordechai sann verzweifelt nach einer Möglichkeit, sein Volk und seine Haut zu retten, konnte aber weit und breit nur zwei kleine, mandelförmige Hoffnungsschimmer erblicken: Esthers Augen. Esther sollte zum König gehen und ihn bitten, ihr Volk zu verschonen. Nun gab es aber für eine Königin zwei gleichermaßen unverzeihliche Verhaltensweisen: nicht vor dem König zu erscheinen, wenn man gerufen worden war (siehe oben), und vor dem König zu erscheinen, wenn man nicht gerufen worden war (siehe unten). Das zweite Vergehen überstieg das erste noch an Schwere. Die Königin Waschti war verstoßen worden, weil sie sich nicht vom Fleck gerührt hatte, Esther riskierte die To-

desstrafe, wenn sie es wagte, sich vom Fleck zu rühren.
Sie wagte es. Allerdings rührte sie sich mit so viel An-
mut vom Fleck, und ihr Gesicht, als sie sich dem König
näherte, strahlte so von Liebe und Schönheit, dass ihr
unverzüglich vergeben wurde. Der von Haman in alle
Provinzen geschickte Erlass, dem zufolge es allen Be-
wohnern des Reiches erlaubt war, ihre jüdischen Nachbarn umzubringen, wurde rückgängig gemacht und
durch einen gegenteiligen Erlass ersetzt, der es allen Israeliten gestattete, die übrigen Bewohner des Reiches
umzubringen.

Die verliebte Miene, die Esther in Gegenwart des Königs aufsetzte, war natürlich nur eine Maske. In Wirklichkeit war ihr das intakte Geschlecht ihres Gemahls
zuwider, und sie hätte es gerne gegen ein ordnungsgemäß bearbeitetes eingetauscht. Aber sie hatte verstanden, dass Gott sie gebeten hatte, ihren Ekel zu überwin-
den, und dass er ihr eine Spezialerlaubnis erteilt hatte,
die es ihr gestattete, sich über die gottlose Vorhaut des
Perserkönigs hinwegzusetzen und so ihr Volk zu retten.

Die Makkabäerbücher

Das wunderbar erhaltene heilige Feuer

Bevor sie mit ihrem Volk nach Persien verschleppt wurden, nahmen die Priester des Jerusalemer Tempels das heilige Feuer, das auf dem Altar brannte, und versteckten es in einem ausgetrockneten Brunnen, um es vor der Besatzungsmacht zu schützen. Als sie Jahrzehnte später in das gelobte Land zurückkehrten, wollten sie das heilige Feuer wieder aus dem Brunnen holen, doch dem an viel Ehrerbietung und Anbetung gewöhnten Feuer war der Aufenthalt in dem dunklen Schacht nicht bekommen. Es war nicht mehr da. Ein paar Eimer eines schwarzen, dickflüssigen Sirups waren alles, was man zu Tage brachte. Nehemia, der die Sucharbeiten leitete, ließ sich nicht entmutigen. Das Feuer hatte vielleicht erlöschen können, aber das Heilige daran hatte sich unmöglich in Luft aufgelöst. Nehemia beschloss, sich nicht davon beirren zu lassen, dass man statt eines Feuers nur ein wenig trübes Wasser in dem Versteck gefunden hatte, und er goss es einfach trotzdem über den neu errichteten Altar. Seine Initiative sollte mit doppeltem Erfolg gekrönt werden. Erstens entflammte sogleich ein herrliches Feuer, und zweitens hatte das auserwählte Volk gerade das Erdöl entdeckt.

193

Die heiligen Makkabäer

Einige Zeit später kam das gelobte Land unter griechische Herrschaft, das heilige Feuer wurde auf den Olymp getragen und der Jerusalemer Tempel Zeus gewidmet. Wie viel Mühe hatte es gekostet, dieses stattliche Gebäude zu errichten und regelmäßig wieder aufzubauen, und nun ließ Gott sich widerstandslos von einem Hausbesetzer auslogieren. In den heiligen Räumen trieben es nun die griechischen Barbaren mit Prostituierten, und die Israeliten, statt zu fasten und ihre Gebete zu sprechen, mussten sich efeubekränzt in die Prozessionen zu Ehren des Dionysos einreihen. Das Schwein wurde zur Pflichtspeise erklärt. Die Griechen hielten es in Ehren und ließen nicht zu, dass es jemand missachtete und sich weigerte, das Tier zu probieren. In Wahrheit war den Griechen der israelitische Speiseplan völlig gleichgültig, nur sollten keine Extrarinderwürste gebraten werden, und jeder sollte die griechischen Bräuche zu den seinen machen. Wenn sie jemandem Schweinefleisch anboten, dann hatte dieser das Angebot nicht auszuschlagen, und wer es dennoch ausschlug, der war nicht gern und bald darauf überhaupt nicht mehr gesehen. Das widerfuhr einer israelitischen Mutter und ihren sieben Söhnen, die unter schrecklichen Qualen sterben mussten, weil sie kein Schweinefleisch hatten anrühren wollen. Man schnitt ihnen nacheinander die Zunge ab, dann zog man ihnen die Haut vom Kopf, hackte ihnen Nasen, Ohren, Hände und Füße stückweise ab und briet sie zu guter Letzt in der Pfanne. Aber auch gebraten mochten die Makkabäer kein Schweinefleisch essen.

Man muss dazu wissen, dass zu jener Zeit (wir befinden uns im zweiten Jahrhundert vor Christi Geburt) das irdische Leben schon etwas aus der Mode gekommen war und den Menschen immer wertloser erschien. Stattdessen machte das Leben im Jenseits Furore. Wie altmodisch, denken Sie vielleicht. Und doch war Auferstehung der Makkabäer letzter Schrei.

Ende des Antiochus Epiphanes

Der griechische König Antiochus Epiphanes war es nicht zufrieden, die Andersgläubigen zu braten und ihren Gottestempel zu einem Freudenhaus zu machen; er träumte davon, allen Auserwählten in Jerusalem ein Massengrab zu graben. Diese Rechnung hatte er aber ohne den Auserwähler gemacht: Gott schickte dem mordsüchtigen König eine schlimme Krankheit, die sich zunächst durch furchtbare Bauchschmerzen äußerte, dann noch durch einen Unfall verschlimmert wurde, bei dem er sich sämtliche Glieder verrenkte, bis sich dann sein Fleisch von den Knochen löste und Würmer ihm bei lebendigem Leibe aus den Augen krochen. Zu diesem an sich schon wenig beneidenswerten Zustand kam noch der Verwesungsgestank hinzu, den er überall verbreitete und mit dem er seine Mitmenschen aus seiner Nähe verscheuchte. In letzter Not schrieb Antiochus Epiphanes den Israeliten einen Brief, der hier Wort für Wort wiedergegeben werden soll:

»Seinen guten jüdischen Bürgern wünscht Antiochus, König und Befehlshaber, viel Freude, Gesundheit und Wohlergehen. Ich danke Gott sehr, wenn ihr gesund seid und wenn es auch euren Kindern und eurem

Besitz nach Wunsch ergeht. Ich erinnere mich in Liebe an die Achtung und freundliche Hochschätzung, die ihr mir entgegengebracht habt. (…) Bei meiner Rückkehr aus Persien zog ich mir eine Krankheit zu, die mich sehr belästigt. Nicht, dass ich mich schon aufgegeben hätte – ich habe vielmehr gute Hoffnung, wieder gesund zu werden. (…) Ich bitte euch eindringlich: Denkt daran, wieviel Gutes ich eurer Gemeinschaft und jedem Einzelnen von euch erwiesen habe, und bewahrt mir und meinem Sohn euer Wohlwollen.«

Natürlich war der Herr nicht so naiv, dieser Reuebezeugung in letzter Minute auch nur den geringsten Glauben zu schenken, und er machte mit dem heuchlerischen Antiochus kurzen Prozess.

Das Opfer für die Gefallenen

Ungefähr zur gleichen Zeit begannen die Israeliten, ihre Meinung über den Tod zu ändern. Bis dahin waren alle Toten, ob gut oder böse, einträchtig in das unterirdische Reich der Toten hinabgestiegen, wo sie ein noch eintönigeres und tristeres Dasein fristeten als auf der Erdoberfläche. Der Himmel war die private Residenz Gottes und einiger Engel. Satan und die Dämonen mussten ohne festen Wohnsitz auskommen.

Die Aussicht, sein ganzes postmortales Leben in einer riesigen Familiengruft eingesperrt zu sein, zusammen mit Mördern und Dieben, aber auch Heiligen und Propheten, kurz mit all jenen, mit denen man zu seinen und zu deren Lebzeiten auch schon Umgang gepflegt hatte, war alles andere als angenehm. Könnte der Herr uns nicht wieder auferstehen lassen? fragten sich die Israeliten. Natürlich nicht jeden. Nein, nur einige wenige. Sagen wir die Besten, dann sind wir endlich unter uns. Die Israeliten begannen also, an die Wiederauferstehung zu glauben. Und wenn die Menschen beginnen, an etwas zu glauben, dauert es meistens nicht lange, bis Gott es ihnen zuliebe auch erfindet.

Unter Judas Makkabäus beteten die Auserwählten

zum ersten Mal für ihre Toten, in der noch etwas vagen Hoffnung, diese könnten eines Tages doch noch wieder erwachen. Aber dass das ewige Leben allein den Guten und Gerechten vorbehalten bleiben sollte, erschien den Menschen bald gar zu streng und ungenügend. Die Sünder wollten auch eine Chance haben; konnte Gott ihnen nicht einfach vergeben? Innerhalb kürzester Zeit gab es kaum noch eine Menschenseele auf Erden, die nicht eine kleine Hoffnung auf ein Jenseits hegte.

Geschah es nun aus Dankbarkeit, Gutmütigkeit oder bloßem Zufall – Tatsache ist, dass ungefähr zur gleichen Zeit, in der die Lebenden begannen, für die Toten zu beten, die Toten ihrerseits begannen, für die Lebenden zu beten, als hätten sie sich, die einen aus heiterem Himmel, die anderen aus unheiterer Erde, aneinander erinnert. Nun hob ein reger Austausch guter Wünsche an. Man hatte lange Zeit geglaubt, sich nie mehr wiederzusehen. Und plötzlich war das jenseits in Gebetsweite gerückt.

Tod des Rasi

Gott hat uns das Leben geschenkt. Wenn man jemandem ein Geschenk macht, ist es korrekt, es später wieder zurückzuverlangen? Der Tod ist eine Unhöflichkeit, für die sich zu entschuldigen Gott nie für nötig gehalten hat.

Seit die Israeliten gute Hoffnungen hatten, der feuchten Kälte der Unterwelt zu entrinnen, war das Sterben glücklicherweise nur mehr ein unangenehmer Moment, durch den man eben durchmusste. Der Herr nahm einem das Leben, besser gesagt, er borgte es sich aus, und dann gab er es einem anderenorts wieder zurück. Dasselbe galt für die Körperteile, die einem von Ungläubigen unter der Folter ausgerissen worden waren. Dem Guten wurde alles hundertfach zurückerstattet, so dass wiederauferstandene Märtyrer oft mehr Arme und Beine besaßen, als sie in einer Ewigkeit gebrauchen konnten. Jeder hoffte, eines Tages von Gottes Hand alles das wiederzubekommen, was er zu Lebzeiten verloren hatte.

So auch Rasi, der Selbstmörder unter den Märtyrern. Als der fromme Mann merkte, dass die Heiden ihm an den Kragen wollten, fasste er den tapferen Beschluss, ihnen zuvorzukommen und diese Welt ohne ihre Hilfe zu verlassen. Er stürzte sich in sein Schwert und wartete auf den Tod, aber der Tod ließ auf sich warten. Währenddessen kam der Feind immer näher. Also stieg Rasi auf eine Mauer und warf sich von hoch oben hinunter. Da er sich, unten angekommen, immer noch recht munter fühlte (nie ist das Leben zäher, als wenn man es unbedingt loswerden will), sprang er auf einen steilen Felsen, riss sich die Gedärme aus dem Leib und warf sie auf die staunende Menge. Dann starb er endlich, nicht ohne Gott vorher gebeten zu haben, ihm seine Eingeweide zu gegebener Zeit wieder zurückzuerstatten.

Ende der Makkabäer.

Das Buch Hiob

Hiob wird vom Satan versucht

Jeden Mittwoch, vielleicht auch jeden Freitag, hält der Herr Audienz. An diesen Tagen kommen die Engel aus allen Himmelsrichtungen herbeigeflogen, und auch der Satan findet sich mitunter ein. Bei einem dieser Besuche brüstete sich Gott vor dem Teufel mit der Untadeligkeit und Frömmigkeit Hiobs, den er für einen seiner treuesten Untertanen hielt.

Ich sehe nicht ganz, worin sein Verdienst bestehen soll, entgegnete ihm der Satan. Der Mann, dessen Betragen du so beispielhaft findest, ist der reichste Viehzüchter weit und breit, er ist Vater zahlreicher Kinder und bei bester Gesundheit. Unter diesen Umständen kann jeder ein guter Mensch sein. Du gibst ihm alles, was die Erde an Schönem zu bieten hat, und dann wunderst du dich noch, dass er an dich glaubt.

Gott war umso beleidigter, als er spürte, dass der Satan nicht ganz unrecht hatte. Erkaufte er sich nicht oft den Glauben der Erdbewohner mit seinem Wohlwollen ihnen gegenüber? Hatte er nicht von seinen Auserwählten erreicht, dass sie ihn anbeteten und verehrten, indem er ihnen ein Land versprach, in dem Milch und Honig fließen?

Gib mir freie Hand, fuhr der Satan fort, und du wirst sehen, dass Hiob dich innerhalb kürzester Zeit fallen lassen wird wie eine heiße Kartoffel.

Tu was dir beliebt, antwortete der Herr, wie immer bereit, auf Provokationen sofort einzugehen. Lass ihm aber sein Leben; wie sollen wir sonst wissen, wer die Wette gewonnen hat?

Der Satan ließ sich das nicht zweimal sagen. An einem einzigen Tag tötete er nacheinander Hiobs tausend Rinder, fünfhundert Esel, siebentausend Schafe, dreitausend Kamele und sieben Kinder.

Das war ein Schock für Hiob. Aber auch arm wie eine Kirchenmaus hielt er fest an seinem Glauben und wich keinen Zoll vom rechten Wege ab. Von diesem 1 : 0 für Gott ließ der Satan sich jedoch noch nicht entmutigen. Er bedeckte jeden Quadratzentimeter von Hiobs Körper mit bösartigen und schmerzhaften Geschwüren. Nun kamen Hiob doch langsam die ersten Zweifel, wenn er auch davon zunächst einmal nichts über seine Lippen dringen ließ.

Im Wettbewerb der beiden überirdischen Mächte stand es unentschieden. (Jedesmal, wenn ein Mensch beginnt zu zweifeln, bekommt der Teufel einen Punkt dazugerechnet.)

Dialog

Da kamen Elifas, Bildad und Zofar herbeigeeilt, um ihrem alten Freund Hiob in seinem Unglück beizustehen und ihn zu trösten – aber wie soll man ein Geschöpf trösten, das nur noch Geschwüre auf den Knochen hat und dem alles genommen wurde außer seinem klaren Kopf? Also gaben die drei Freunde es bald auf, Hiob trösten zu wollen, und machten ihm stattdessen Vorhaltungen. Irgendetwas muss man ja sagen in solchen Fällen.

Du wirst wohl gesündigt haben, ohne es zu merken, sagte Elifas zu ihm, und nun bekommst du die gerechte Bestrafung. Gott züchtigt dich: sei froh, dass er sich diese Mühe überhaupt macht. Das bedeutet, dass du ihm nicht ganz gleichgültig bist.

Es ist in der Tat sehr liebenswürdig von ihm, an mich zu denken, entgegnete Hiob, und ich danke ihm tausendfach für die Beachtung, die er mir schenkt. Aber vielleicht wäre es nun für ihn an der Zeit, seinen Blick von meiner Wenigkeit wieder abzuwenden und sich für andere Zeitgenossen zu interessieren. Für euch, zum Beispiel, da euch offenbar diese Ehre so beneidenswert erscheint.

Die göttliche Strafe trifft nur die Sünder, mischte sich Bildad ein. Du bist ein weniger guter Mensch, als du denkst, mit diesem Gedanken musst du dich abfinden. Das Unglück, das dir widerfährt, ist der beste Beweis dafür.

Hast du denn keine Augen?, schrie Hiob wütend. Siehst du denn nicht, wie überall in der Welt das Böse triumphiert und wie blendend es den größten Sündern geht? Sie dürfen von ihren Kindern und Enkelkindern umgeben friedlich altern, während man mir, der ich in meinem ganzen Leben keiner Fliege etwas zu Leide getan habe, alles nimmt, was ich je besessen habe. Sogar die Haut fällt ab von meinen Knochen.

Versuche nicht, zu begreifen, beruhigte ihn Zofar. Sei still und leide, das ist der weiseste Weg.

Bei deiner Abstammung ist es kein Wunder, was dir geschieht, ergriff Elifas wieder das Wort. (Er spielte auf Eva, Hiobs und unser aller Urgroßmutter an, die ihm die Sünde schon in die Wiege gelegt hatte.) Du musst auf Gott vertrauen, fuhr er fort. Er kann die Welt und was darin geschieht, besser überblicken als du. Von seinem Aussichtspunkt aus kann er sogar den Sternen auf die Köpfe spucken.

Ich bin vollkommen unschuldig, sagte Hiob, ohne auf die guten Worte seines Freundes einzugehen, und ich möchte mit meinem Anwalt sprechen. Und wenn ich schon keinen Schadensersatz zugesprochen bekomme, will ich wenigstens eine Antwort haben. Ich will verstehen, warum so viel Unglück über mich hereingebrochen ist. Ist das zu viel verlangt?

Ja, antwortete ungefragt ein gewisser Elihu, der dem Gespräch schon die ganze Zeit gelauscht hatte und zu diesem Thema auch noch etwas zu sagen hatte. Gott weiß alles und kann alles, er zieht die Wassertropfen an unsichtbaren Fäden zu sich in den Himmel, um sie bald wieder fallen zu lassen, er haucht das Wasser an und das Wasser beschlägt sich und erstarrt zu Eis, selbst die Wolken gehorchen ihm: wenn er sie in den Himmel hängt, dann bleiben sie erschrocken dort schweben. Du hast ihn nicht mit deinen Fragen zu belästigen, ebensowenig, wie die Ameise sich über ihr Schicksal beschwert. Wenn hier jemand Fragen stellt, dann ist es der Allmächtige selber. Verstanden?

Ja, sagte Gott, der sich nun seinerseits in das Gespräch einzumischen begann. Du hast mir keine Fragen zu stellen und wenn ich dir trotzdem antworte, dann nur aus übergroßer Güte. Höre nun gut zu, was ich dir zu sagen habe, denn ich habe nicht die Angewohnheit, mich zu wiederholen.

Und in seiner grenzenlosen Barmherzigkeit lieferte Gott dem armen Hiob eine Beschreibung aller von ihm zunächst geschaffenen, dann unterworfenen Ungeheuer und erläuterte ihm ausführlich alle körperlichen und charakterlichen Merkmale der besagten Kreaturen.

Hiob war sehr erfreut, all diese Einzelheiten aus erster Hand zu erfahren. Er öffnete seine wunden Ohren, so weit es die Geschwüre zuließen, und lauschte der Donnerstimme des Herrn:

Alles, was du um dich herum erblicken kannst, habe ich geschaffen. Alles, was du nicht um dich herum erblicken, sondern bestenfalls erahnen kannst, habe ich auch geschaffen, ebenso natürlich wie alle Mikroben deiner Art, obgleich ich letztere Erfindung häufig genug bereue. Ich bin sehr groß und sehr stark. Ich bin Gott. Das ist meine Antwort auf deine Fragen.

Hiob, der ja nur hatte wissen wollen, warum ausgerechnet er zu solch schrecklichen Leiden verurteilt war, musste einsehen, dass von Gott keine weiteren Auskünfte zu erwarten waren.

Ich verstehe, sagte er resigniert, du bist allmächtig und tust, was dir gefällt. Ich kannte dich bislang nur vom Hörensagen, aber nun sehe ich, mit wem ich es zu tun habe, und schweige still.

Als er merkte, dass Hiob sich nicht weiter gegen ihn auflehnte, heilte ihn der Herr und gab ihm all seine Güter doppelt wieder zurück. Was Hiob nicht zurückbekam, waren seine sieben Söhne, aber dafür schenkte Gott ihm sieben neue, denn es ging ihm hauptsächlich darum, dass die Rechnung aufging.

Ich habe unsere Wette gewonnen, posaunte der Herr, als der Satan das nächste Mal bei ihm zu einer Audienz erschien. Selbst unter den furchtbarsten Qualen hat Hiob mich nicht verflucht.

Du hast geschummelt, entgegnete ihm der Satan tro-

cken. Sobald Hiob sich ernsthaft gegen dich aufzuleh-
nen begann, bist du sofort eingeschritten und hast ihm
mit deinen Prahlereien das Maul gestopft.

Das stimmt aber nicht, murmelte Gott. Geh weg.

Das Buch Kohelet

Weisheit und Dummheit

Hiob hatte gesagt: Ich leide, und wie jeder unschuldig Verurteilte will ich wenigstens wissen, wie die Anklage lautet und warum man mich quält. Gott hatte ihm die Ehre erwiesen zu antworten, an der Frage vorbei zwar, aber immerhin. Weder vor ihm noch nach ihm hat je ein Mensch mehr erreicht, und so konnte Hiob sich glücklich schätzen.

Kohelet hingegen litt vor allem an Langeweile, weshalb wir im Postchristentum Geborenen in ihm unseren direkten Vorfahren und Zivilisationsgründer verehren. Er stellte keine Fragen mehr, denn er hatte die Hoffnung aufgegeben, von Gott je eine klare Antwort zu bekommen. Er langweilte sich. Windhauch, Windhauch, alles ist Windhauch, wiederholte er von früh bis spät. Das Leben hielt nicht die geringste Überraschung für ihn bereit, er hatte schon lange vor Mallarmé alle Bücher gelesen, hatte Armut und Reichtum, Rauschmittel und Abstinenz, Arbeit und Ruhe, Liebe und Einsamkeit gekostet, und all das hatte nichts als einen bitteren Nachgeschmack und eine chronische, abgrundtiefe Unzufriedenheit bei ihm hinterlassen. Als erster Mensch hatte er den Sinn des Lebens gesucht, und so hatte er zwangsläufig auch als Erster entdeckt, dass es keinen hat.

Während Hiob lediglich seine Güter und seine Gesundheit wiedererlangen wollte, war das diffuse Leiden Kohelets unheilbar. Er hatte eine Frage heruntergeschluckt und diese ungestellte Frage, genährt von Kohelets Intelligenz, hatte die Ausmaße des Universums angenommen. Auch war sein Fall ungleich aussichtsloser und trauriger als der Hiobs.

Kohelet war zudem der erste Mensch, der ernsthafte eigene Überlegungen anstellte, und man kann nicht behaupten, dass ihm diese intensive Hirntätigkeit sehr gut bekam. Von seinen eigenen Erfahrungen ausgehend, behauptete er, das Nachdenken führe den Menschen ins Unglück, und tatsächlich versanken viele nach ihm in demselbem Gedankensumpf, so dass sich seine Behauptung seit über zweitausend Jahren reichlich bestätigt hat. Nun kann man unter Umständen aufhören, ein schlechter Mensch zu sein, wenn man das Bedürfnis dazu oder Angst vor der Hölle verspürt. Dem nachdenklichen Individuum ist es bislang jedoch nicht gegeben, seine unbequeme Reflexionsfähigkeit wieder abzulegen, es sei denn, es rennt mit dem Kopf gegen die nächste Wand (eine Lösung, an die Kohelet zweifellos gedacht haben muss). Gott hat den Menschen als denkendes Wesen geschaffen und gleichzeitig das Wissen außerhalb seiner Reichweite gerückt, etwa, als hätte er ihn mit einem Löwenmaul und prächtigen Reißzähnen ausgestat-

tet und alle Nahrungsmittel in der Speisekammer einge-
schlossen.

Kohelet sang ein Loblied auf den Zustand, den er am
besten kannte: die Traurigkeit, und auf den Zustand,
den er am innigsten herbeisehnte: den Tod. Er dachte
dabei weniger an den Tod, der auf das Leben folgt, als
an den, der dem Leben und dem Leiden vorausgeht,
also den Nachteil hat, bei unserer Geburt schon hinter
uns zu liegen.

Wir wollen essen und trinken und uns an dem wenigen Angenehmen, das das Leben bringt, freuen, bevor uns die ewige Ungewissheit verschlingt, rief Kohelet, aber es war ihm anzumerken, dass ihm das beste
Fleisch und der vorzüglichste Wein nicht recht schme-
cken wollten. Vor lauter Nachdenken war ihm der Appetit gänzlich abhanden gekommen. Mit einer Stimme,
trostloser als ein Grabschlund, der auf seine magere
Knochenration wartet, forderte Kohelet die Menschen
auf, fröhlich zu sein und den Augenblick zu genießen.

217

Das Buch der Weisheit

Die Weisheit und das Schicksal der Menschen

Es dauerte nicht lange, da gewann die offizielle Weisheit die Oberhand und alle Quergrübelei wurde verboten. Wer wie Kohelet zu sagen wagte, dass das Leben kurz ist und trist und dass der Tod unterschiedslos den Sünder wie den Untadeligen ereilt, der wurde zum öffentlichen Feind erklärt und geächtet. Dass man noch nie einen Toten gesehen hatte, der sich wieder aufgerichtet und noch einmal ein gutes Glas Wein getrunken hätte, behielt man besser für sich. »Wozu das alles?« war eine ungehörige Frage, deren Unfrömmigkeit einem die schlimmsten Schwierigkeiten einbringen konnte. Das Gleiche galt für alle anderen Fragen. Nichts verstehen und nichts verstehen wollen war die große Devise dieses angeblich heilsamen Pflichtoptimismus, auf dessen Krücken von nun an der Glaube stand.

Die frommen Ohren verschlossen sich Kohelets müder Stimme und der schrecklichen Unruhe, die sie hatte erzittern lassen. Um sich zu beruhigen, ermahnten sich die borniertzen neuen Weisen dazu, ihren Augen nicht zu trauen und nur zu sehen, was sie sehen wollten. Ihr habt geglaubt, ihr hättet einen guten und tugendhaften Mann sterben sehen, sprachen die Weisen zu ihren

221

Schülern. Nun, ihr habt euch geirrt. Obgleich er alle Zeichen eines physischen Todes bot, ist dieser Mann keineswegs gestorben. In Wirklichkeit hat er nur eine kleine Reise gemacht und sich in Sicherheit gebracht.

Die Weisen fanden sogar eine Erklärung dafür, warum die guten Menschen nicht unbedingt sehr alt werden: Der Herr will nicht das Risiko eingehen, sie unnötigen Versuchungen auszusetzen. Sie sind gut; die göttliche Vernunft gebietet, sie rechtzeitig heimzuholen, bevor sie in ihren alten Tagen noch auf böse Gedanken kommen. Gott pflückt zuerst diejenigen, deren Seele reif ist. Er tastet, er schnuppert, dann füllt er seinen Korb.

Die Weisen waren so weise, ihren eigenen Tod abzuschaffen, aber das genügte ihnen noch nicht. Sie hatten sich ein ewiges Leben zurechtgebastelt und erwarteten nun von Gott, dass er ihnen während einer pompösen Willkommenszeremonie eine kostbare Königskrone aufsetzte, um sie von den gewöhnlichen Sterblichen zu unterscheiden. So geschmückt wollten sie einst durch die himmlischen Alleen wandern und sich bei schallender Trompetenmusik in Gottes starke Arme schmiegen.

Ohne ihre morgenrotgetönten Brillen abzusetzen, wandten sich die Weisen nun den irdischen Verhältnissen zu. Dank der außerordentlichen Kraft der Autosuggestion, über die sie verfügten, sahen sie, dass das Gute die Welt regiert und das Schlechte nirgendwo Fuß fassen kann.

Nachdem sie die Gegenwart und die Zukunft untersucht hatten, neigten sich die Weisen mit ihrer rosa Lupe über die Vergangenheit und stellten voller Erstaunen fest, dass die Weisheit schon seit ewigen Zeiten die Schritte der Menschheit gelenkt hatte. War sie es nicht gewesen, die Adam zwar nicht vor dem Sündenfall, aber womöglich vor weit Schlimmerem bewahrt hatte – wer weiß? –, war sie es nicht auch, die Noahs gottesfürchtigen Charakter geprägt und die Lebewesen zwar nicht vor der Sintflut, so doch vor dem völligen Aussterben gerettet hatte?

Nun war es den Weisen nicht entgangen, dass der Gottvater seine Kinder gerne züchtigt und dabei eine Schwäche für Strafen hat, die nicht sofort töten, sondern auf lange Zeit Verwüstungen anrichten. Hungersnöte, Heuschreckenplagen und Krankheiten sind in der Tat seine pädagogischen Lieblingsinstrumente. Hierin sahen die Weisen einen erneuten Beweis für die Hochherzigkeit des Herrn. Statt uns kurzerhand in Grund und Boden zu stampfen, wie wir es verdienten, gewährt er uns Monate und Jahre voll Leid und Schmerz, damit wir Zeit haben, uns unserer Sünden bewusst zu werden und Reue zu zeigen. Wer wollte ihn da nicht loben und preisen?

Gott hatte die Weisheit erfunden, wussten die Weisen. Lange bevor er den Menschen und die Erde und die Meere schuf, bevor er die Berge an ihren Platz setzte und mit leichten Pinselstrichen die Wolken darüber kleckste, hatte er die Weisheit erschaffen. Will man sich eine Idee von dem hohen Alter der Weisheit verschaffen, so stelle man sich vor: sie ist eine Zeitgenossin der Ewigkeit. Sie stand dem Herrn bei in seiner kreativen Phase, wich kein Jota aus seiner Nähe, half ihm bei allen Entwürfen, überwachte seine Skizzen mit strengem Blick und schlug Verbesserungen vor. Wir schulden ihr so manche der irdischen Annehmlichkeiten. Kaum mag man daran denken, wie die Schöpfung ausgefallen wäre, wenn Gott den Menschen und die Erde ohne die Weisheit geschaffen hätte. Wie bitte? Sie wollen andeuten, dass Gott die Weisheit besser erst ganz zum Schluss geschaffen hätte?

Das Buch Ezechiel

Visionen vom Thronwagen Jahwes und von der Buchrolle

Wenn wir uns eine Vorstellung von den möglichen Erscheinungen Gottes machen wollen, sollten wir zunächst einmal das Zeugnis derer anhören, die ihn gesehen haben. Allerdings haben die Menschen, die Gelegenheit dazu hatten, meistens während der Vorstellung die Augen geschlossen, um nicht geblendet zu werden. Unter den Propheten haben die meisten, darunter Jesaja und Jeremia, nur seine Stimme gehört. Andere, wie Ezechiel, haben hauptsächlich seine Leibwächter und den Lichthof gesehen, der den Herrn Tag und Nacht umgibt, und dennoch sind ihre Berichte noch am genauesten.

Eines Tages erblickte Ezechiel inmitten einer großen Wolke vier Lebewesen, die aussahen wie Menschen, nur dass jedes vier Gesichter (ein menschliches, ein Löwen-, ein Stier- und ein Adlergesicht), vier Flügel und statt Füßen Stierhufe besaß. Jedes dieser Lebewesen lief in die Richtung, in die eines seiner Gesichter sie wies. Neben jedem dieser seltenen Tiere befand sich ein Rad, das innehielt, wenn die Geschöpfe innehielten, und weiterrollte, wenn die Geschöpfe sich wieder in Bewegung setzten. Die Räder schienen keinen be-

227

stimmten Zweck zu haben, aber wiederum auch nicht rein dekorativ zu sein, denn der Geist der Lebewesen rollte in ihnen.

Leider war Ezechiel zu verblüfft, um sich einen genaueren Überblick zu verschaffen über die göttliche Fortbewegungsweise. Bald sah er Tiere und Räder in alle vier Himmelsrichtungen streben (ein eher unpraktisches Gespann für einen Wagen), bald erblickte er die vier Räder in derselben Achse, als sähe er das Fahrzeug im Profil. Wie soll man sich unter diesen Umständen ein Bild machen, wenn nicht von Gott selbst, so doch von seiner näheren Umgebung?

Tatsache ist, dass die Tiere eine gehämmerte Platte trugen, auf welcher der Thron Gottes stand, und dass Gott menschliche Gestalt hatte (was nicht weiter verwunderlich ist, wenn man weiss, dass der Mensch göttliche Gestalt hat). Diese trügerische Erscheinung war oberhalb der Gürtellinie in feuriges Licht getaucht und darunter auch. Die ganze göttliche Person war mit einer bunten Schärpe umgeben, die nichts anderes war als ein Regenbogen.

Von seinem beweglichen Thron herunter befahl Gott Ezechiel, den Mund aufzumachen und zu essen, was er ihm hineinstecken würde. Vertrauensvoll öffnete Ezechiel die Lippen, und eine Hand streckte sich zu ihm aus und stopfte ihm eine Buchrolle in den Mund. Iss diese Rolle, sagte eine Stimme, gib deinem Bauch zu essen und fülle dein Inneres mit dieser Rolle, und Ezechiel schluckte das trockene Papier und ließ nichts davon übrig. An jenem Tag offenbarte sich ihm die Bedeutung des Ausdrucks »geistige Nahrung«. (Diese Geschichte sollte uns lehren, uns vor Metaphern zu hüten: Gott ist imstande, sie wörtlich zu nehmen, uns Braunbären auf den Rücken zu binden und uns mit dem Bade auszuschütten.)

Nun hob der Geist des Herrn (verkörpert in der Hand von vorhin?) Ezechiel hoch, trug ihn fort und setzte ihn schließlich dort wieder nieder, wo er ihn abgeholt hatte, nämlich im Land der Chaldäer. Dort blieb Ezechiel eine Woche lang völlig verstört sitzen.

Vor der Belagerung Jerusalems

Von nun an diente Ezechiel dem Herrn als Lautsprecher. Damit er sich auch auf seine neue Aufgabe konzentrieren konnte, klebte ihm der Allmächtige die Zunge an den Gaumen und löste sie nur, wenn er Ezechiels Dienste benötigte. Ezechiel bekam den Befehl, eine kleine Theateraufführung über die künftige Belagerung Jerusalems zu inszenieren. Die Stadt selbst sollte von einem Lehmziegel gespielt werden, eine Eisenplatte würde die Befestigungen darstellen, während die Rolle des Belagerers Ezechiel selber zufiel. Soweit hatte dieser keine Einwände.

Leider stand bald darauf ein anderes Stück auf dem Programm, bei dem die Rollenverteilung für den Propheten weniger günstig ausfiel. Er sollte die Rolle des auserwählten Volkes spielen, dessen sämtliche Fehler auf sich nehmen und die gerechte Strafe dafür erdulden. Zu diesem Zweck befahl ihm Gott, sich erst dreihundertneunzig Tage lang auf die linke Seite, dann vierzig Tage lang auf die rechte Seite zu legen. Als einzige Nahrung sollte er während dieser ganzen Zeit auf Menschenkot gebackenes Brot zu sich nehmen.

Ezechiel fand, dass der Herr den Spaß langsam etwas

zu weit trieb. Er wollte gerne alles tun, was man von ihm verlangte, obgleich seine Berufung sich eigentlich darauf beschränkte, Gottes Wort zu verbreiten und die Zukunft vorauszusagen. Aber sein Brot auf Menschenkot zu backen, nein, das war zu viel verlangt.

Ich habe immer deine Gebote befolgt, und das ist nun mein Lohn!, rief er. Da ließ sich Gott erweichen und erlaubte Ezechiel, sich sein Brot auf Rindermist statt auf Menschenkot zu backen. (Wer noch an der göttlichen Barmherzigkeit zweifelt, erinnere sich dieser Episode.)

Ezechiel glaubte sich am Ende seiner Mühen angelangt, dabei lag das Schwierigste noch vor ihm. Nun sollte er nämlich in Gottes Haut schlüpfen und dessen unbegrenzte Macht ausüben, indem er sich den Schädel und das Kinn rasierte und die abgeschnittenen Haare in drei gleiche Haufen aufteilte. Der erste Haufen sollte verbrannt, der zweite klein gehackt und der dritte in alle Winde verstreut werden.

Sie werden einwenden, um sich eine derartige Haarkur angedeihen zu lassen, braucht man nicht Gott zu sein. Nur dass in der Premiere, die auf diese Generalprobe folgte, die Rolle jedes Haares von einem Menschen eingenommen wurde.

Das Buch Jona

Jona lehnt sich gegen seine Sendung auf

Ob Gott nun von ihnen verlangte, Haare zu spalten, Schlangen mit Brotklumpen zu ersticken oder Freudenmädchen zu ehelichen, die Propheten kamen im Allgemeinen seinen Wünschen nach, ohne zu murren. Bis auf Jona. Jona war der erste ungehorsame Prophet. Durchaus kein schlechter Kerl. Nur überkam ihn eine unwiderstehliche Lust, sich aus dem Staub zu machen, als er seinen ersten Auftrag erhielt. Ohne sich von irgendjemandem zu verabschieden, bestieg er das nächstbeste Schiff in der Absicht, ans Ende der Welt zu segeln, wo ihn, wie er sich naiverweise vorstellte, der Herr nicht würde einholen können. Natürlich brauchten die sieben extrascharfen Augen Gottes nicht lange, bis sie den Deserteur ausgemacht hatten. Sofort blies er über die Fluten und löste einen Sturm aus, der Jona wenn nicht wieder zur Vernunft, so doch ans Ufer zurückbringen sollte. Schon brach Panik aus an Bord, die Seemänner flehten − ein jeder seinen Gott − um Hilfe an, nur Jona lag taub für die göttliche Wut im untersten Schiffsraum und schlief den Schlaf des Ungerechten. Von den Seeleuten aufgeweckt, erklärte er sich jedoch gerne bereit, auf dem Meeresgrund weiterzuschlafen, falls diese Ortsveränderung den Zorn des Herrn besänftigen und den Reisenden gelegen kommen würde.

Also wurde Jona ins Meer geworfen, aber so einfach ist es nicht, sich einer Berufung als Prophet zu entziehen. Der Herr gab ihn einem großen Fisch zum Fraß, der den Auftrag hatte, seine Ladung drei Tage später auf den Strand zu spucken. Statt auf dem Meeresgrund zu ruhen, saß Jona also zunächst einmal schön im Trockenen. (Wer dem Bauch seiner Mutter nachtrauert, den er so früh schon hat verlassen müssen, dem sei an dieser Stelle wärmstens ein Aufenthalt in einem Fischleib empfohlen.)

Die Bekehrung Ninives und Gottes Vergebung

Jona war wieder an seinen Ausgangspunkt zurückgekehrt. Diesmal konnte er sich nicht mehr drücken: Gott schickte ihn nach Ninive, und nun blieb nichts anderes übrig, als hinzugehen. Wie es aber vorkommen kann, wenn man nach drei Tagen Pottwal plötzlich in einer Stadt steht, war Jona ein wenig verwirrt, und statt gar nicht zu predigen, wie beim ersten Mal, predigte er nun zu viel:

Noch vierzig Tage und Ninive ist zerstört!, kündigte er den Einwohnern an, dabei hatte Gott ihn nur beauftragt, eine kleine Warnung auszusprechen. Die Niniviter erschraken sehr, hüllten sich in Bußgewänder, bereuten aufrichtig alle ihre Sünden, und die furchtbare Strafe, die Jona ihnen angedroht hatte, fiel ins Wasser. Um so besser, könnte man denken – aber wie unterscheidet man noch einmal die wahren Propheten von den falschen? Eben: man wartet, ob ihre Prophezeiungen eintreffen oder nicht. Gott hatte es nicht für nötig befunden, Jonas Voraussage auch Wirklichkeit werden zu lassen. Was sollten die Leute nun von diesem Propheten denken?

Ich wusste ja, dass du bloß so böse tust und dich

gleich wieder umstimmen lässt, wenn die Menschen ein bisschen jammern und klagen. Deswegen wollte ich ja auch dein Prophet nicht sein. Du hast mich wohl nur aus dem Meer gefischt, um mich vor der ganzen Stadt lächerlich zu machen: in deinem Auftrag habe ich eine Katastrophe angekündigt, die nie eingetroffen ist. Bist du jetzt zufrieden?

Jona lief aus der Stadt, setzte sich unter ein Laubdach und schmollte. Um ihn zu trösten oder ihm wenigstens ein bisschen zusätzlichen Schatten zu geben, ließ Gott neben ihm einen Rizinusstrauch wachsen, aber Jona wollte sich nicht trösten lassen, also sandte Gott einen Wurm, der den Rizinusstrauch wieder auffraß, und Jona saß weiter da und schmollte.

Glaubst du wirklich, dass du Grund hast, wegen des Rizinusstrauches noch länger gekränkt zu sein?, fragte ihn der Herr.

Ja, entgegnete Jona. Ich habe allen Grund, zu Tode gekränkt zu sein.

Das Buch Sacharja

Visionen

Die Hauptarbeit eines Propheten bestand darin, wenn sich die Menschen gut benommen hatten, glückliche und, wenn sie gesündigt hatten, tragische Ereignisse anzukündigen. Da das Leben im Großen und Ganzen nichts anderes ist als ein Wechsel von unheilvollen und ruhigeren Momenten, die oft mit Glück verwechselt werden, liefen die Propheten eigentlich nie Gefahr, sich zu irren, wenn sie nur ein bisschen vage blieben in ihren Voraussagen. Der Prophetenberuf wäre demnach recht eintönig gewesen, so wie die Zukunft, die es vorauszusagen galt, hätten die Visionen nicht ein wenig Farbe in den trostlosen Alltag gebracht. Den Visionen allein gelang es, den Propheten von Zeit zu Zeit aus dem traurigen Rhythmus der zu versprechenden Zuckerstücke und anzudrohenden Peitschenschläge herauszureißen.

Sacharja, zum Beispiel, brauchte nur die Augen zum Himmel zu heben, um sogleich Zeuge der ungewöhnlichsten Begebenheiten zu werden. Einmal sah er ein zehn Meter langes und fünf Meter breites Buch durch die Lüfte fliegen.

Was kann nur dieses Buch am Himmel zu suchen haben?, fragte sich Sacharja.

Es ist ein Rachebuch, das die Erde in alle Richtungen überfliegt und überall auf der Welt die Sünder ausfindig macht, erklärte ihm ein Engel. Wenn es sie gefunden hat, verbrennt es die Sünder und ihre Häuser. (Damals war die Macht der Literatur noch intakt. Aber offenbar konnte Sacharja nicht weit genug vorausblicken, um zu sehen, dass Tage kommen würden, wo nicht die Bücher die Sünder, sondern die Sünder die Bücher verbrennen würden.)

Sacharja hob noch einmal die Augen, und diesmal erblickte er ein zylindrisches Gefäß mit einem bleiernen Deckel.

Was ist das?, fragte Sacharja.

Das ist ein Fass, antwortete der mit den Erklärungen der Visionen beauftragte Engel (es musste verhindert werden, dass die Propheten die verschiedenen nicht näher identifizierbaren Flugobjekte, die Gott im Laufe ihres Lebens an ihnen vorbeiziehen ließ, einfach nach Lust und Laune deuteten).

Plötzlich hob sich der Deckel, und eine Frau wurde sichtbar.

Das ist die Bosheit, erläuterte der Engel, worauf er die Frau wieder in das Fass zurückstieß und den bleiernen Deckel über ihrem Kopf zuklappte. Wir bringen sie nach Babel, wo ihr auf heidnischer Erde ein Tempel errichtet werden soll. Dann sind die Gottgläubigen sie los.

Das war es also, was man schon ganz zu Anfang versäumt hatte! Warum hatte niemand daran gedacht, Eva in ein Fass oder in einen Käfig zu stecken und sie möglichst weit weg von Adam, nicht im Land, wo Milch und Honig fließen, aber vielleicht im Land, in dem der Pfeffer wächst, wieder abzusetzen? Adam alleine wäre nie auf schlechte Gedanken gekommen (auf gute wahrscheinlich auch nicht, aber das hätte man eben in Kauf nehmen müssen). Wenn Eva mit ihrem Schicksal nicht zufrieden gewesen wäre, hätte man ihr sogar einen Tempel bauen und sie auf einen Sockel stellen können, die Hasen und die Schmetterlinge hätten ihr gehuldigt, und der männliche Teil der Menschheit hätte ein umso gemächlicheres Leben führen können, als Adam sein einziger Vertreter geblieben wäre.

Aber dafür ist es jetzt wohl zu spät.

Inhalt

Das Buch Genesis

Die Schöpfung und der Sündenfall   7
Kain und Abel   10
Die Sintflut   13
Der Turm von Babel   14
Die Beschneidung   16
Die Zerstörung von Sodom   17
Abraham und Isaak   19
Jakob und Esau   20
Die beiden Heiraten Jakobs   22
Judas Söhne   24
Josef in Ägypten   25
Josefs Agrarpolitik   27

Das Buch Exodus

Jugend und Flucht des Mose   31
Der brennende Dornbusch   32
Berufung des Mose   34
Die ägyptischen Plagen   36
Das Meerwunder   40
Die Wüstenwanderung   42
Der Bund und der Dekalog   43
Das goldene Kalb   46

Das Buch Levitikus

Das Opferritual – Vorschriften über rein und unrein   51

Das Buch Numeri

Die Musterung   55

Das Buch Deuteronomium

Die zehn Gebote   63
Das deuteronomische Gesetzbuch   65
Tod des Mose   68

Das Buch Josua

Der Durchzug durch den Jordan   73
Die Eroberung Jerichos   75
Josuas Ende   77

Das Buch der Richter

Die »großen Richter«   81
Die »kleinen Richter«   85
Simson und Delila   87
Das Verbrechen von Gibea   93

Das Buch Ruth

Ruth und Noomi   99

Das erste Buch Samuel

Samuels Kindheit   103
Die Bundeslade bei den Philistern   106

Samuel und Saul   108
Die Anfänge der Regierung Sauls   110
David und Goliath   111
David und Saul   113

Das zweite Buch Samuel

David, König von Juda   117
David, König von Juda und Israel   119
Die Geburt Salomos   122
Die Geschichte von Abschalom   123

Das erste Buch der Könige

Die Thronfolge Davids   129
Die Geschichte von Salomo und seiner Herrlichkeit   131
Salomo als Bauherr   133
Salomo als Handelsherr   135
Die Spaltung   137
Die große Dürre   140
Elija am Horeb   143
Der Weinberg des Naboth   145
Der Aramäerkrieg   147

Das zweite Buch der Könige

Die Anfänge Elischas   151
Die Wunder des Elischa   153
Die Geschichte des Jehu   156
Einnahme Samarias und Regierung des Hiskija   159
Der Untergang Jerusalems   162

Das Buch Esra

Rückkehr aus dem Exil und Wiederaufbau des Tempels 167

Das Buch Tobit

Der Blinde und Sara 171
Die Hochzeit und die Augen 174
Rafael 177

Das Buch Judith

Der Feldzug des Holofernes 181

Das Buch Esther

Artaxerxes und Waschti 187
Die bedrohten Israeliten 189

Die Makkabäerbücher

Das wunderbar erhaltene heilige Feuer 193
Die heiligen Makkabäer 194
Ende des Antiochus Epiphanes 196
Das Opfer für die Gefallenen 198
Tod des Rasi 200

Das Buch Hiob

Hiob wird vom Satan versucht 205
Dialog 207

Das Buch Kohelet

Weisheit und Dummheit 215

Das Buch der Weisheit

Die Weisheit und das Schicksal der Menschen   221

Das Buch Ezechiel

Visionen vom Thronwagen Jahwes
    und von der Buchrolle   227
Vor der Belagerung Jerusalems   230

Das Buch Jona

Jona lehnt sich gegen seine Sendung auf   235
Die Bekehrung Ninives und Gottes Vergebung   237

Das Buch Sacharja

Visionen   241

Anne Weber
August
Ein Puppentrauerspiel
160 Seiten. Gebunden

Sohn eines berühmten Vaters, Sohn einer nicht standesge-
mäßen Mutter – August von Goethe entkommt den Familien-
schatten nicht, reibt sich auf und geht schließlich daran
zugrunde: ein blasser Junge, der den eigenen Weg, das eigene
Leben nicht findet.

»In der Form eines Theaters im Kopf,
stellt die Autorin die tragische Existenz Augusts
und sein Ringen um Selbständigkeit
literarisch vielstimmig und eindringlich dar.«
Joachim Dicks, NDR Niedersachsen

»Anne Weber stellt August ebenso sensibel wie
ironisch dar und zeigt die anrührenden Seiten
dieses im Schatten des Vaters stehenden Sohnes.«
Livres Hebdo

»so ernst wie albern, so klug wie flapsig,
einfach umwerfend und mitreissend.«
Brigitta Lindemann, WDR 3

S. Fischer

Christoph Ransmayr
Damen & Herren unter Wasser
Eine Bildergeschichte nach 7 Farbtafeln
von Manfred Wakolbinger

86 Seiten. Gebunden

Ist es das Paradies, was uns erwartet? Ist es die Hölle? Sieben
»Damen & Herren unter Wasser« erleben beides: des einen
Erlösung ist des anderen Inferno.

In der neuesten seiner »Spielformen des Erzählens«, die seit
1997 bei S. Fischer in loser Folge und gleicher Ausstattung
erscheinen, stellt Christoph Ransmayr die »Bildergeschichte«
in eine Reihe, in der er bereits Festrede, Tirade oder Verhör
als Varianten einer ebenso vergnüglichen wie vielschichtigen
Prosa vorgeführt hat. Diesmal erzählt er zu den Unterwasser-
fotografien von Manfred Wakolbinger die Geschichten von
sieben, allein durch ihre Wasserscheu verbundenen Damen
und Herren, die sich eines Tages in Meerestiere verwandelt in
der Tiefsee wiederfinden.

»Für Momente glücklich,
wer dem Gespräch der Wasserwesen lauschen und
in diese ›Spielform des Erzählens‹ abtauchen darf.«
Die Zeit

S. Fischer

Felicitas Hoppe
Johanna
176 Seiten. Gebunden

Im Jahr 1412 wird im lothringischen Domrémy ein Bauern-
mädchen geboren. Keine zwanzig Jahre später wird sie als
Ketzerin verbrannt. Aber Felicitas Hoppes »Johanna« ist
kein Buch über Johanna von Orleans. Dieses Buch ist
Johanna selbst, die Geschichte unseres Aufbegehrens und
der eigenen unersättlichen Sehnsucht.

»Die schönste und intelligenteste Prosa Deutschlands
schreibt Felicitas Hoppe.«
Denis Scheck, ARD Druckfrisch

S. Fischer

Annika Scheffel
Ben
Roman
Band 19187

»Wenn wir uns treffen, muss es der schönste Tag unser aller Leben werden, das steht fest. Wenn es nicht der allerschönste Tag unseres Lebens wird, haben wir uns nicht getroffen. So einfach ist das.«

»Ein Hosianna auf dieses Debüt.«
Christopher Schmidt, Süddeutsche Zeitung

SWR-Bestenliste September 2010

Fischer Taschenbuch Verlag

Markus Werner
Der ägyptische Heinrich
Roman
Band 19068

Eine faszinierende Spurensuche: Familiensaga, Reisebericht,
historischer Roman und zeitkritische Betrachtung.

»... ›Das Kolossale werde ich vergessen,
die Nägel bleiben.‹ In diesem Sinne
ist dieser kleine Roman kein Koloss,
sondern ein Nagel.«
Martin Ebel, Frankfurter Allgemeine Zeitung

»Spannend, intelligent, witzig.«
Thomas Widmer, Facts

Fischer Taschenbuch Verlag